本书系2022年度郑州教学名师第二层次培养对象（
郑州工程技术学院2024年度教学名师——丁雪艳教
〔2024〕9号）、郑州工程技术学院学生工作网络
传统文化在大学生人文素养教育中的应用研究"阶

一场『穿越』的文学之旅

丁雪艳 著

从洪荒的上古时代出发，历春秋战国、先秦两汉，经魏晋南北朝，越唐宋，至明清，去见证那时，那人，那诗，那事。

郑州大学出版社

图书在版编目(CIP)数据

一场"穿越"的文学之旅 / 丁雪艳著. -- 郑州：
郑州大学出版社, 2025. 6. -- ISBN 978-7-5773-0500-4

Ⅰ. I209-49

中国国家版本馆 CIP 数据核字第 2024V99Y14 号

一场"穿越"的文学之旅

YI CHANG "CHUANYUE" DE WENXUE ZHILÜ

策划编辑	胥丽光	封面设计	王 微
责任编辑	席静雅	版式设计	王 微
责任校对	胥丽光	责任监制	朱亚君

出版发行	郑州大学出版社
地　　址	河南省郑州市高新技术开发区长椿路11号(450001)
网　　址	http://www.zzup.cn
经　　销	全国新华书店
发行电话	0371-66966070
印　　刷	河南龙华印务有限公司
开　　本	890 mm×1 240 mm　1 / 32
印　　张	6.75
字　　数	146千字
版　　次	2025年6月第1版
印　　次	2025年6月第1次印刷

书　　号	ISBN 978-7-5773-0500-4	定　价	58.00元

本书如有印装质量问题,请与本社联系调换。

文学之旅

我们常常会谈到"穿越"这个词,也常常会神往某个朝代想象着穿越的剧情。现在,我就带领大家一起穿越古今,重读经典,以文学作品为地图,展开一场穿越古今的文学之旅——从洪荒的上古时代出发,经夏商周三代,历秦汉三国,过魏晋南北朝,越唐宋,至明清,去见证那时,那人,那诗,那事。

在洪荒的上古时代,神话传说成为我们追忆古老文明的线索。《山海经》中,通过女娲造人、盘古开天辟地、黄帝蚩尤之战,我们依稀可以看到史前的记忆。当再次重读时,从夸父"逐日而走"和精卫"以填东海"的神话中,我们探寻出的是远古神话背后的原型意义,追思神话的精神所在,在其精神与行为之间,有所取舍。

在歌以咏志的《诗经》年代,赋诗言志是春秋时期士人及诸侯表达见解的方式。从"窈窕淑女,君子好逑"的言行中,我们去体味一位青年男子的思慕之情;在"青青子衿,悠悠我心"的咏叹中,我们来细味"一日不见如三秋兮"的心事;从"所谓伊人,在水一方"的意境中,我们能领会诗歌的含蓄美、蕴藉美、音乐美,体味"企慕未遂愿"

的情志;在"杨柳依依""雨雪霏霏"的对照中,我们可以感受几千年前先民对战争的厌倦。

行至春秋战国,在"乘天地之正,而御六气之辩,以游无穷"的《逍遥游》里,我们一起去体味庄子的天马行空,开启自由的心灵时空;在万世师表的孔子的语录《论语》中,我们一起去领悟为人处世之道,景仰温润如玉的君子之行。

东汉末年,天下大乱,群雄纷起,乱世之中,文人常常有朝不保夕的忧虑、报国无门的忧叹以及年华逝去的忧思。《古诗十九首》用晓畅明白的语言为我们讲述了一个个乱世情愁,也用伤感的音调为我们弹奏了一曲曲乱世哀音。能在"弃捐勿复道,努力加餐饭"的期冀中聆听到一个思妇的心语;能在"盈盈一水间,脉脉不得语"的凝望中见证一份美好的思念。

行至三国两晋,在"滚滚长江东逝水"的兴替之中,我们会感慨诸葛亮的遇与不遇;在"薄帷鉴明月,清风吹我襟"的《咏怀》中,我们会读懂阮籍的绝对孤独感,借以欣赏魏晋名士的潇洒放诞,窥见"魏晋风度"的真性情;在山阳闻笛的《思旧赋》里,我们一起去体味向秀对挚友欲言又止的思念;在"采菊东篱下,悠然见南山"的恬淡自然中,我们一起去见证陶渊明的诗意田园。

行至大唐,在这个疆域空前、风气开放的朝代,充分感受着"诗"之繁盛与辉煌,在这里,科举制的进一步推行和完善,使得仕子们的政治热情极度高涨,于是,在这个诗之国度里,政治与文学成为唐诗中不可忽略的话题;然而,当青春的幸福和功名的追逐相违逆时,诗人们在选择后者的同时,也在笔下抒发着对亲情和爱情的向往和怀念。无论是政治还是爱情,在唐诗寄兴与感慨之中,都成为永恒的记忆。

在万象更新的初唐,我们透过《春江花月夜》,一起欣赏"江天一色无纤尘,皎皎空中孤月轮"的静谧,热爱"大美不言"的自然,思考代代流转生生不息人生,体味着哀而不伤的淡淡惆怅。在恢宏壮阔的盛唐,我们跟随高蹈长空的诗仙、执着大地的诗圣,去欣赏万世敬仰的盛唐气象:在李白的文字里我读到了山河锦绣,读到了豪放飘逸;在杜甫的文字里我读出了人情练达,读出了世事沧桑。

在百舸争流的中唐,有元白的平易,也有韩孟的险怪。我们在白居易的浔阳江头,一起见证同是天涯沦落人的曾相识;在《长恨歌》的故事里,我们一起去体会"天长地久有时尽,此恨绵绵无绝期"的遗憾,学会"知人论世,以意逆志",感悟诗歌婉转动人、缠绵悱恻的艺术魅力。

在夕阳西下的晚唐,我们一起去聆听李商隐《无题》的哀婉,那份成为追忆的"此情",已经惘然的"当时",都让我们唏嘘不已;在"心有灵犀一点通"的情思中,我们一起去细味伤时伤事又伤心的时代哀音。

转至大宋,一个曾经浅酌低唱的文体大获发展,文人雅士,吟风颂月。在言志与言情的分歧中,苏东坡挺身而出,挽小词于低迷之境,一跃而成就一代之文学。在宋词中,我们将在"杨柳岸晓风残月"中感受风流才子柳三变的多情伤离别;我们将在范仲淹的"碧云天,黄叶地"中,体会出心志坚强之人的黯然销魂语;我们将在东坡的雪堂画壁间,聆听大江东去的高歌,结识吟啸徐行的苏子;我们将在易安的兰舟之上，看到李清照月满西楼的孤单，听到她眉间心上的轻叹；我们将在辛弃疾"沙场秋点兵"的金戈铁马中感受他报国无门的悲壮。

行至元代，诗文的荒漠中，偶见绿意，虞杨范揭，寂寞行吟。在这寂寞之外，有一份属于民众的热闹，勾栏瓦肆，生旦净末，戏曲，风靡全国。关马郑白的杂剧之外，我们一起跟随王实甫的《西厢记》去实现莺莺和张生"有情人终成眷属"的美好期望。

明代，诗文一度中兴，然而文化专制空前，文人骚客更多在典籍整理中寄兴感慨。我们将在"原来姹紫嫣红开遍，似这般都赋予断井颓垣"的感伤中，和杜丽娘一起领悟《牡丹亭》的特殊文化意义。

举步至清初，我们一起去认识清词三大家之一的纳兰性德，他被誉为"国初第一词手"，我们和他一起在"等闲变却故人心"的伤感中去追忆只如初见的美好。清代的小说尤为繁荣，短篇小说集《聊斋志异》记述了鬼怪乱离的世界，在这里我们可以见识一些异禀的妖魅；《儒林外史》则是展现在我们面前的一部儒生血泪史，在这里我们能够探寻到几位科举制度下失意的举子；长篇小说《红楼梦》留给我们一座巨大的宝藏，在这部百科全书中我们可以寻宝探宝。

跟随文字，游走书中，穿越古今，去见证那时，那人，那诗，那事。

你，准备好了吗？

目录

第一编

上古与先秦：文学之源

当回溯到遥远而神秘的上古时代时，我们仿佛跨越了时空的界限，踏入了一个由神话与传说交织而成的世界。在这个洪荒的纪元里，文学如同初升的太阳，虽未光芒万丈，却已孕育出无尽的生机与可能。

《山海经》作为上古神话的瑰宝，记载了女娲造人、盘古开天辟地、黄帝蚩尤之战等古老的传说。这些故事不仅是先民对宇宙起源、人类起源等未知世界的想象和探索，更是他们心中对天地万物起源的独特诠释。从夸父"逐日而走"和精卫"以填东海"的神话中，我们仿佛能触摸到远古先民坚韧不拔、永不言败的精神，这种精神激励着后人在面对困难与挑战时，始终保持着坚定的信念和不懈的追求。

随着时光的流转，我们来到了歌以咏志的《诗经》年代。在这个时期，文学不仅仅是一种表达情感与思想的工具，更是一种传递文化、传承历史的重要载体。这部诗歌总集，汇聚了春秋时期士人及诸侯的见解与情感。从"窈窕淑女，君子好逑"的思慕之情，到"青青子衿，悠悠我心"的深切思念，再到"所谓伊人，在水一方"的含蓄美、蕴藉美，我们领略到了诗歌的无穷魅力。而"杨柳依依""雨雪霏霏"的对照，更是让我们感受到了先民对战争的厌倦与对和平的渴望。

在春秋战国的纷争中，文学以其独特的魅力，成为各国间交流思想、沟通心灵的桥梁，文学也迎来了繁荣与发展的黄金时期。孔子的教诲如同春风化雨，滋润着人们的心田，让我们在人生的道路上不断前行、不断成长。庄子的文字如同一条清澈的溪流，洗涤着人们的心灵,让我们在纷繁复杂的世界中,找到一片宁静的天地。

上古与先秦时期,是中华文学的源头。在这个时代里,文学如同一条奔腾不息的河流,以其独特的魅力与智慧,汇聚着先民的智慧与情感,滋养着后世的文化与艺术。从神话传说到《诗经》的吟唱,再到春秋战国时期的百家争鸣,这些文学作品不仅为我们提供了了解古代社会的窗口,更让我们感受到中华文化的博大精深与独特魅力。让我们一起沿着这条文学的河流溯源而上,探寻中华文化的源头与精髓,感受那份跨越时空的永恒之美。

文学之旅小驿站

　　发鸠之山，其上多柘木。有鸟焉，其状如乌，文首、白喙、赤足，名曰精卫，其鸣自詨，是炎帝之少女，名曰女娃。女娃游于东海，溺而不返，故为精卫，常衔西山之木石，以堙于东海。

——《山海经·北山经》

　　夸父与日逐走，入日。渴，欲得饮，饮于河、渭；河、渭不足，北饮大泽。未至，道渴而死。弃其杖，化为邓林。

——《山海经·海外北经》

文学之旅小贴士

　　《山海经》约成书于战国初年到西汉初年之间，非一时一地之作，它是一本带有民间原始宗教性质的书籍，也是我国古代保存神话资料最多的文献。《山海经》共计 18 卷，分为《山经》5 卷，《海经》13 卷，内容极其丰富，除神话传说、宗教祭祀外，还包括我国古代地理、历史、民族、生物、矿产、医药等方面的资料。

上古神话：远古的猜想

　　我们一起穿越数千年历程，到洪荒的上古时代，在这个神话传说中的年代，我们一起揭开重重迷雾，探究神话背后的原型故事。

　　对于神话传说，我们毫不陌生，从小到大，我们有意无意都会接触一些神话故事，如比较普及的《西游记》《封神榜》等。

　　神话的产生，与上古时期的生产力水平密不可分。上古时期生产力水平低下，人们的认知水平有限，面对自然界的风雨雷电，不明所以，无法解释，于是，人们将这些说不清道不明的现象归于无所不能的"神力"。神的故事经过人们代代流传，不断完善丰富，逐渐形成了我们现在读到的"神话"。

　　在我国封建时代，受儒家"子不语怪力乱神"的影响，古代神话在文人士子之间流传不多。当然，我们现在能够读到神话，多有赖于《山海经》这部经典著作。《山海经》是保存古代神话最多的一部典籍，全书共18卷，其中《山经》5卷，《海经》13卷。

　　上古神话大致可以分为创世神话和英雄神话。

　　创世神话如盘古开天辟地、女娲造人等。

天地混沌如鸡子，盘古生其中。万八千岁，天地开辟，阳清为天，阴浊为地。盘古在其中，一日九变，神于天，圣于地。天日高一丈，地日厚一丈，盘古日长一丈，如此万八千岁，天数极高，地数极深，盘古极长，后乃有三皇。

——《艺文类聚》卷一引《三五历纪》

首生盘古，垂死化身：气成风云，声为雷霆，左眼为日，右眼为月，四肢五体为四极五岳，血液为江河，筋脉为地里，肌肉为田土，发髭为星辰，皮毛为草木，齿骨为金石，精髓为珠玉，汗流为雨泽。身之诸虫，因风所感，化为黎氓。

——《绎史》卷一引《五运历年纪》

这里所说，远古时期，天和地是一片混沌，如同一个鸡蛋一样，盘古生在其中，天地分开，天每日高一丈，地每日厚一丈，盘古每日长一丈，随着时间的推移，天地和盘古都不断生长，最后天很高，地很深，盘古很长。盘古死后，他的身体及器官化为世间万物，日月星辰、江河湖泊等。

有了天地万物，就要有造人的神话了。

俗说天地开辟，未有人民，女娲抟黄土作人，剧务，力不暇供，乃引绳于絙泥中，举以为人。故富贵者，黄土人也；贫贱凡庸者，絙人也。

——《太平御览》卷七十八引《风俗通》

女娲把黄土揉成团造人，后来觉得太累了，就想了一个省事的办法：把大绳索沾上泥浆，甩出泥点点造人。造人的方法不同，也就显现了人与人富贵贫贱的区别。

英雄神话是指远古的先民们在与自然抗争的过程中所创造出来的一些英雄的故事，如后羿射日、鲧禹治水、夸父逐日、精卫填海。这些英雄都是先民们与自然抗争的缩影和代表。

《鲧禹治水》中，鲧和禹治水的经历其实就是两种治理水患的方法：堵和疏。其实，这些英雄产生的背后应该都有一个真实的原型，人们在口口相传中加入了神力，现实中也许是一次失败的尝试，也许是一个悲剧的故事，但在神话里，人们将这些故事进行加工，在失败与悲剧的故事中融入人们美好的愿望和抗争的勇气。

发鸠之山，其上多柘木。有鸟焉，其状如乌，文首、白喙、赤足，名曰精卫，其鸣自詨，是炎帝之少女，名曰女娃。女娃游于东海，溺而不返，故为精卫，常衔西山之木石，以堙于东海。

——《山海经·北山经》

《精卫填海》中，精卫是炎帝的小女儿女娃溺水后所化而成，因为怨恨大海，年复一年、日复一日地衔木石填海，有着坚韧的毅力和必达的决心。然而，透过这些，我们还看到了一个事实：女娃溺水不返。在当时，居于海边的部落经常会遭遇孩子溺亡的悲剧，人们面对大海悲恨交加却又无能为力。当炎帝的小女儿女娃也溺水之后，人们将这份悲愤心情化为精卫填海的行动,于是,人们创造出了《精卫填海》的神话。这则神话里寄寓了人们挑战大海的决心和勇气。在一定意义上,精卫不是女娲的化身,而是人们悲愤心情的化身。精卫填海这看起来徒劳的举动,却成为人们希望战胜大海的精神力量。

夸父与日逐走,入日。渴,欲得饮,饮于河、渭;河、渭不足,北饮大泽。未至,道渴而死。弃其杖,化为邓林。

——《山海经·海外北经》

夸父在神话中是一个巨人。《山海经·大荒北经》中记载,夸父是地母后土的子孙。《夸父逐日》这则神话讲述了夸父追逐太阳最终失败的故事。夸父逐日的动机有好多个版本,有的说是好奇,有的说是逞强,有的说是为民除害,不管如何,夸父都去逐日了。

那么,《夸父逐日》的原型到底是什么呢?也许是人们看到太阳东升西落产生疑问,也许是人们对太阳西落的地方比较好奇,于是创出《夸父逐日》的神话故事,让夸父代替人们去探寻太阳的踪迹。这是读到这则神话时最直观的猜测,我曾经问我 10 岁的儿子,他就是这样回答我的。细想之下,也许并不是这么简单,或许在居无定所的部落氏族时代,夸父这个巨人就是一个部落的化身,也就是说,夸父逐日或许是一次失败的部族迁徙。可以假想这样一个场景:一个逐水草而居的部落要迁徙,在方向的选择上出了问题,这个部落决定追随太阳的脚步迁徙,即向西走。我们国家的地貌是西高东低,东边是大海,西边是高原戈壁。这个部落一直向西,走入了沙漠之中,此处又热又干,在人们的意识中,应该是接近太阳了。当寻找水源时,他们发现一无所获,似乎全世界都干涸了,于是他们觉得黄河、渭水也都干涸了。他们决定转向朝北走,寻找他们听说的大泽,但走到半路就全部渴死了。在全族覆亡之前,有人在岩壁上留下一幅画来记录这次失败的迁徙,他用一个大大的巨人代替了这个部落的很多人。

后世有人看到这幅巨人向着太阳奔走的画,于是就发挥想象创造出了"夸父逐日"的故事,用以形容人们探索自然、征服自然的决心。这一切都是因为结绳记事的远古时代没有文字,后世只能凭借图画猜测发生了什么事情,再创造出神话故事。而几千年后的我们读到这则神话故事之后,应该回溯到故事发生的年代,去探究一下可能发生了什么,去探究神话背后的原型故事。同时,我们也应该思考一下神话的现实意义。

对我们而言,这些神话都是历史留给我们的财富,我们在追思其历史原型的同时,也要在其行为与精神之间有所取舍,我们要学习神话中人物坚毅勇敢的精神,也要舍弃其自不量力的行为。

文学之旅小驿站

关关雎鸠,在河之洲。窈窕淑女,君子好逑。

参差荇菜,左右流之。窈窕淑女,寤寐求之。
求之不得,寤寐思服。悠哉悠哉,辗转反侧。

参差荇菜,左右采之。窈窕淑女,琴瑟友之。
参差荇菜,左右芼之。窈窕淑女,钟鼓乐之。

——《诗经·周南·关雎》

文学之旅小贴士

　　《诗经·周南·关雎》是中国古代诗歌的开篇之作,《周南》是《诗经》"国风"之一,包含11首诗,分别是《关雎》《葛覃》《卷耳》《樛木》《螽斯》《桃夭》《兔罝》《芣苢》《汉广》《汝坟》和《麟之趾》。《关雎》作为开篇之作,描绘了君子对窈窕淑女的爱慕之情,展现了古人对爱情的美好向往。

《诗经·周南·关雎》:乐而不淫 哀而不伤

当我们面对美好爱情时,脑海中总会浮现"窈窕淑女,君子好逑"的诗句,现在,我们跟随历史的脚步去解读先民对婚姻和爱情的憧憬与期待。

《关雎》出自《诗经·周南》,《周南》部分的诗歌共有11篇,其大致区域在现在的洛阳到江汉一带,也就是河南西南和湖北西北一带,这一区域当时是周公姬旦的统治范围中的南方部分,故称"周南"。

《关雎》是《周南》的第一篇,也是《诗经》"国风"第一篇,同时还是《诗经》开卷第一篇,在我们打开《诗经》的时候似乎已经熟视无睹,似乎也觉得这是理所应当的,那么,一直有一个问题存在却又被我们忽视着:为什么《关雎》会被置于卷首?

我曾经问过我的学生,答案林林总总,有的说这首诗写得最好,有的说这首诗艺术成就最高,有的说是随意编排的……

当我把这些答案全部否定之后,大家陷入沉思,到底为什么这首诗会放在《诗经》卷首?

其实,这已经不是一个新鲜的问题了,在《诗经》成书之后,很多汉儒就已经注意到并且反复讨论过这个问题。当然，答案也是林林总总。比如《毛诗序》认为，这首诗是赞美"后妃之德"的，认为女子只有忠贞贤淑、含蓄克制才能够配得上王侯。因此，将这首诗放在《诗经》之首，以明教化。《史记·外戚世家序》曾云："《易》基乾坤，《诗》始《关雎》，《书》美厘降……夫妇之际，人道之大伦也。"《汉书·匡衡传》记载匡衡疏曰："妃匹之际，生民之始，万福之原。婚姻之礼正，然后品物遂而天命全。孔子论《诗》，一般都是以《关雎》为始。……此纲纪之首，王教之端也。"

我们要想解决这个问题，首先还要回到《关雎》的诗意解读上来。《关雎》到底在讲什么，毛诗认为《关雎》是"美后妃之德"，鲁诗、韩诗都认为《关雎》是讽刺诗，讽刺国君内倾于色，也有学者认为《关雎》是婚恋诗。

我们想要明白这首诗的诗意，首先要厘清一个最基本的问题："雎鸠"是什么鸟？为什么君子听到雎鸠的叫声就想起"窈窕淑女，君子好逑"的婚配问题？"雎鸠"在一些教科书的注释中如是说："雎鸠，一种水鸟名。"这个解释显然是搪塞，并没有解释出这是一种什么鸟。很多人以为应该是鸳鸯，君子看到鸳鸯成双成对就想到了寻找配偶，其实不然。在大量汉儒的注释中，雎鸠是爱情专贞的象征，如《毛传》曰："关关，和声也。雎鸠，王雎也，鸟挚而有别……后妃说乐君子之德，无不和谐……"《郑笺》曰："王雎之鸟，雌雄情意至然而有别。"《薛君韩诗章句》说："雎鸠贞洁慎匹。"《易林·晋之同人》曰："贞鸟雎鸠，执一无尤。"近现代学者多沿用古说。在百度上查雎鸠的图片,发现不是一种鸟,甚至形状差别很大。我曾看到一个解释,雎鸠,即鱼鹰,一种渔父用来捕鱼的鸟。这是我比较认可的一种解释。在古代,男子与女子的社会地位并不对等,甚而在现代社会婚恋关系中,男子与女子的地位往往也不对等,男子处于猎人的位置,女子处于猎物的位置,有一个词语叫"猎艳"就很形象。在这首诗中,君子走在水边,听到鱼鹰叫声,想到窈窕淑女才是自己理想的配偶,用鱼鹰捕鱼来映射男子求偶。

这个问题解决之后,我们就对诗意显而易见了,这首诗讲的是一个青年男子爱上了一个女子,并开始取悦追求她的故事。至于有没有成功,也是两解。

关关雎鸠,在河之洲。窈窕淑女,君子好逑。

参差荇菜,左右流之。窈窕淑女,寤寐求之。
求之不得,寤寐思服。悠哉悠哉,辗转反侧。

参差荇菜,左右采之。窈窕淑女,琴瑟友之。
参差荇菜,左右芼之。窈窕淑女,钟鼓乐之。

按照这个一贯流行的版本,我们可以看到,结局是开放型的。我们不知道君子是否成功,有两说:一说为求之不得,辗转反侧之后,进入了白日梦状态,在梦中,敲钟打鼓,鸣琴鼓瑟取悦于这个姑娘;一说为辗转反侧之后起来采取进一步的行动来追求这个姑娘,君子与姑娘一起鸣琴鼓瑟、敲钟打鼓。

另外一个结局,就牵涉一个问题,《关雎》可能存在错简。春秋时期用的是竹简,经历秦朝的焚书坑儒,流传下来的典籍都是特殊手段保存下来的,或于断壁之中,或于犁耕之下,这些典籍出现的时候,可能会是一堆散乱的竹简,而看到它们的学者试图恢复原貌,于是进行重新拼接组合,就形成了我们现在看到的面貌。然而在重新组合这些散乱竹简的时候,可能由于个人认知偏差而出现错简,即竹简位置错乱了。

《关雎》存在错简问题,是我研究生时期古籍整理课堂上导师拿来作为案例讲析的,当时我很错愕,熟读成诵的诗句,从没觉得有什么不对呀! 当导师的课件上出现如下证据时,我才觉恍然:

今人王景琳认为《诗经》中四言每章句数均相等,又据《论语·泰伯》"师挚之始,关雎之乱,洋洋乎盈耳哉!"肯定《关雎》存在"乱"章,于是怀疑错简,重新排列全诗各章顺序,将二三章移后,"求之不得,寤寐思服"章为全诗的"乱"。

王景琳的推论是依据与《诗经》同时代或稍后的文献。根据《论语》记载,《关雎》存在"乱章"。乱,就是文章结尾抒发议论性的文字。我们在《楚辞》里可以见到"乱曰""乱云",都是在文末发表感慨的句子。《关雎》里,属于议论的句子只有"求之不得,寤寐思服。悠

哉悠哉,辗转反侧",其余都是描述性的句子,于是,重新排列之后的《关雎》成为这个样子,诗意也随之改变:

> 关关雎鸠,在河之洲。窈窕淑女,君子好逑。
>
> 参差荇菜,左右采之。窈窕淑女,琴瑟友之。
>
> 参差荇菜,左右芼之。窈窕淑女,钟鼓乐之。
>
> 参差荇菜,左右流之。窈窕淑女,寤寐求之。
>
> 求之不得,寤寐思服。悠哉悠哉,辗转反侧。

再来审视这首重组的《关雎》,才理解孔子所谓"《关雎》乐而不淫,哀而不伤"的评价。君子爱上这个窈窕淑女之后,"琴瑟友之""钟鼓乐之""寤寐求之",然而,这个含蓄克制的窈窕淑女都不为所动,于是君子"悠哉悠哉,辗转反侧"。我们看到的仅仅是"辗转反侧",而不是"哀毁伤身",这就是哀而不伤。

《关雎》其实就是一首爱情诗,在追求爱情的过程中,我们看到了含蓄克制的窈窕淑女,我们看到了王侯之风的谦谦君子。这首诗被置于卷首,也是因为它的垂范意义,它为普天之下的青年男女提供了婚姻爱情的范本,在婚姻爱情的问题上有普遍的教化意义,女子应该含蓄克制才能配得上王侯,男子择偶要选择含蓄克制的淑女。

文学之旅小驿站

青青子衿，悠悠我心。

纵我不往，子宁不嗣音？

青青子佩，悠悠我思。

纵我不往，子宁不来？

挑兮达兮，在城阙兮。

一日不见，如三月兮！

——《诗经·郑风·子衿》

文学之旅小贴士

《郑风》是《诗经》"国风"之一，属于十五国风之一，共包含21首诗，分别是《缁衣》《将仲子》《叔于田》《大叔于田》《清人》《羔裘》《遵大路》《女曰鸡鸣》《有女同车》《山有扶苏》《狡童》《褰裳》《丰》《东门之墠》《风雨》《子衿》《扬之水》《出其东门》《野有蔓草》《溱洧》《蕈兮》。

《诗经·郑风·子衿》：一日不见，如三月兮

"一日不见，如三月兮"，出自《诗经·郑风·子衿》，现在我们跟随历史的脚步，一起去解读这份思慕之苦。

《子衿》出自《诗经·郑风》。郑地，也就是现在河南郑州一带，郑国的区域大致就是现在河南东部及山东、安徽、江苏等部分地区。郑国，大多在平原地带，文化艺术相对比较发达，民风自由，所以《郑风》的21篇里大多是描写爱情的诗，如《溱洧》《女曰鸡鸣》《将仲子》《子衿》等。

《子衿》的主旨曾有诸多解析，如《辞海》（第七版）中的解析是：《诗序》以为刺"学校废"，谓"乱世则学校不修焉"。《诗集传》则谓为"淫奔之诗"。姚际恒《诗经通论》说："此疑亦思友之诗。"诗有"青青子衿""青青子佩"等语，青衿、佩玉是士子服饰。

对于此解析的依据，仅仅从"青衿"的含义中略见其一斑，《毛诗传》中注解"青衿，青领也，学子之所服"，周代学子所衣为青色服装，故诗以"青衿"指代学子。《毛诗序》及孔颖达疏所谓"刺学校废"之意，盖源于此。朱熹的解析则是站在封建礼教立场上对自由爱情的否定。

现在，我们抛开儒家正统的解析和评价，依照诗歌本身的意义理解，如同《郑风》中其他作品一样，在《子衿》里，我们读到的是对爱情的真实表达，我们看到的是一个站在城阙上守望心爱之人的女子。

诗中的抒情主人公是一位急切盼望心爱之人的女子，一位在城楼上守望心爱之人的女子，诗以"青青子衿"开启了女主人公记忆的闸门，青青的君子的衣领，是女子心中永远不变的牵挂。"悠悠我心"这句低吟，已经从外在衣饰的记忆转到了内心深处的独白。"青青子佩"的回忆，着眼点从衣领转到了佩带，从一个身影写到了具体的物品，记忆也随之清晰。"悠悠我思"中传达的是细腻的缕缕思念，已从"悠悠我心"的低吟中抽离出女主人公悠悠的思念，更加具体，更加深刻。

"纵我不往，子宁不嗣音？""纵我不往，子宁不来？"守望中的女子在焦灼不安的等待中有了隐隐埋怨之意，"纵我"是对自己的宽容，"子宁"是对他人的苛责。这种"薄责己而厚望于人"的心理是针对特定对象的，恋爱中女子的苛责与厚望，皆因爱情本身的"自私"与"狭隘"。很多时候，我们看到一个对旁人宽容的女子却在恋爱中苛责爱人，哪怕只是一句话、一个眼神，一切皆因爱的本性。在"就算"与"难道"一假设一追问中，在这种苛责与厚望中，我们也看到了女主人公对心爱之人的急切盼望，这种急切溢于言表却又欲言又止，女主人公的娇羞与矜持之态也跃然纸上。

"挑兮达兮，在城阙兮。"女主人公在城楼上徘徊不定，徘徊中，我们看出了女主人公的不安与烦躁，她无法静心以对，无法坦然处之。此刻的女主人公已非开篇时"悠悠我心""悠悠我思"时的静思，在"纵我""子宁"的追问中，女主人公心绪难平，满腹怨责，陷入"挑兮达兮"的踌躇徘徊中。我们在感受女主人公的不安与埋怨时，似乎觉得她与爱人的分别已有数日。

"一日不见，如三月兮!"诗行至此，我们才惊觉，女主人公与爱人仅仅一日不见，这低语般的内心独白，则使用了夸张的修辞手法，"一日"与"三月"的对比，这是主观时间与客观时间的反差，这是实际时间与心理时间的对比。在这反差和对比中，我们感受到的是夸张却又合理的思念焦灼。这是度日如年的煎熬，这是守望等待的冗长。整首诗也正因为末句的夸张而更深刻地映照出女主人公的深情。

解析至此，我们回顾全篇，女主人公在城楼徘徊不定守望爱人，记忆中爱人青青的"子衿"和"子佩"让女主人公更深深地陷入悠悠的思念之中，在苛责与厚望中，我们读到的是女主人公的不安与埋怨，而这一切都只因为她和爱人一日不见。

整首诗中，除了"挑兮达兮"这一动作描写之外，皆为心理描写。本首诗最成功之处就在于其心理描写，在女主人公的心语独白中，我们为之深深感动。整篇之中，男主人公始终未出现，我们仅能从"青青子衿""青青子佩"中略见其衣饰，但在女主人公的守望心语中，我们又分明感受到男主人公的存在。

诗歌是用美妙的语言绘成的画卷，诗人在创作时，眼中心中应有很多美好的图画,诗人用优美的语言描述出来,透过历史的长河,几经淘洗,依然清晰地展现在我们面前。作为读者,我们在解读作品时,应该把眼前所看到的文字重新还原成最初的画卷,用文字描绘出来。

《子衿》是以第一人称口吻来写的,那么,我们就以"我"的状态解读文中女主人公的心语:

我独自一人站在城门,徘徊,眺望,任夕阳拉长我孤单的身影,任风儿吹起我单薄的衣袂。苦苦守望,不见你的身影;静静守候,不闻你的音信。

我的城门已开启,但我的脚步却越不过城下的一池碧水,纵然我心向往,却也不能到达你的彼岸。我只能凝望伫立,盼望着你的音信。我愿长久伫立,凝固成初春的一尊塑像,只为守候你的方向……

记忆中青青的你的衣领,青青的你的佩带,依然如故;青青的你的身影,青青的你的神情,挥之不去。青青的你的衣领,可知悠悠的我的心情?青青的你的佩带,可知悠悠的我的思念?

纵我不往,子宁不嗣音?

记得昨日,你我相见,草长莺飞,我们执手相看;记得昨日,你我别离,碧水长空,我们依依不舍。一别之后,音讯茫然,我只能在回忆中沉浸,在记忆中流连。

春风中的城楼上,我只见青青的草地,青青的池水,无情无思。

春风中的城楼上，只有我悠悠的心情，长长的思念，绵绵的愁思，味之不尽。

纵我不往，子宁不嗣音！

我在城门翘首企盼，我在城楼执着眺望，只有绵延不尽的幽幽青草，更在斜阳外，更在天尽头。或许，只有它们才知晓你的去处，只有它们才能寻到你的足迹。

纵我不往，子宁不来？

心悦君兮，君心何如？依稀记得，你曾风雨兼程，你曾长久追寻，你曾义无反顾，你曾执着守候，你曾衣带渐宽，你曾今生誓言。

依然记得，那不由自主地想起，不由自主地牵挂，不由自主地泪流满面，不由自主地黯然神伤。君心如是，何故不来？

纵我不往，子宁不来！

风中的城门上，只我独自凝望，初春的风儿，陪在我的身旁。我愿身如春风，我愿身如春雨，只为春风春雨常入君怀。

挑兮达兮，在城阙兮。

我在城楼上独自徘徊，独自徘徊，忧思满怀，泪盈双眼，只因视线中没有你的凝望。

我在城楼上痴痴守望，痴痴守望，满心焦灼，满眼希冀，只盼与你执手偕老，一生同行。

一日不见，如三月兮！

清风拂面，绿草如茵，怎奈春心不知我心；花草竞发，繁花如雪，怎知我心相思成灰。

悠长的思念，绵长的幽怨，只为与你一日不见。不闻你的音讯，不见你的身影，只见我茕茕子立，形影相吊，只闻我低低的心语：

青青子衿，悠悠我心。

纵我不往，子宁不嗣音？

青青子佩，悠悠我思。

纵我不往，子宁不来？

挑兮达兮，在城阙兮。

一日不见，如三月兮！

　　我们在阅读作品的过程中，似乎只是资料的收集者和传播者，其实，真正美好的作品，我们在阅读时要带着深深的感动去品味。如果我们只是就文本而文本，那么就是对美好作品的亵渎和误读。

　　每个作品的背后都有一个美好的故事，或欣欣，或戚戚，我们在解读作品时要拨开迷雾，读出作品里主人公的心语。我们应有敏锐的作品感受力和较好的文学素养，能以我手写诗心，以"不隔"的情态直面作品，去再现作品中的故事、揣摩故事中人物的情感。

文学之旅小驿站

采薇采薇，薇亦作止。曰归曰归，岁亦莫止。
靡室靡家，猃狁之故。不遑启居，猃狁之故。

采薇采薇，薇亦柔止。曰归曰归，心亦忧止。
忧心烈烈，载饥载渴。我戍未定，靡使归聘。

采薇采薇，薇亦刚止。曰归曰归，岁亦阳止。
王事靡盬，不遑启处。忧心孔疚，我行不来！

彼尔维何？维常之华。彼路斯何？君子之车。
戎车既驾，四牡业业。岂敢定居？一月三捷。

驾彼四牡，四牡骙骙。君子所依，小人所腓。
四牡翼翼，象弭鱼服。岂不日戒？猃狁孔棘！

昔我往矣，杨柳依依。今我来思，雨雪霏霏。
行道迟迟，载渴载饥。我心伤悲，莫知我哀！

——《诗经·小雅·采薇》

　　《诗经·小雅》共包含74首诗,内容涉及宴饮、农事、祭祀、怨刺、战争徭役、爱情婚姻等多个方面,其中多篇都具有深刻的思想内涵和人文精神,如《采薇》表达了对战争的厌倦和对和平的向往,《鹿鸣》则展现了宴饮之乐和君臣之间的和谐关系。这些诗篇不仅反映了古代人民的生活和情感世界,也体现了他们对美好生活的追求和向往。

《诗经·小雅·采薇》：厌战思归的咏叹

《采薇》的末章"昔我往矣,杨柳依依。今我来思,雨雪霏霏。行道迟迟,载渴载饥。我心伤悲,莫知我哀",被誉为《诗经》中最动人的千古名句之一,现在我们跟随历史的脚步去聆听一份厌战思归的心语。

《采薇》出自《诗经·小雅》。《雅》部分为《大雅》和《小雅》,《毛诗序》称"雅者,正也,言王政之所由废兴也"。《小雅》共74篇,其中一部分作品风格与国风部分相似,但与国风中表讽刺的诗篇不同,《小雅》部分的诗篇多是诸侯为表达自己政治见解而献的诗,其讽刺的表达只能用含蓄委婉的方式,即微讽。《采薇》就是其中比较典型的一篇。

全诗因重章叠句而显得较长,其实前三章所表达的内容是一样的,即厌战思归,只是在重章叠句中显示出主人公的心情愈加沉重、感情愈加强烈。从薇菜的生长变化"薇亦作止""薇亦柔止""薇亦刚止"中,我们看到了时光的流逝,当然这在"岁亦莫止""岁亦阳止"中也能明显看出。随着时光的流逝,主人公在"曰归曰归"的念想中"心亦忧止""忧心烈烈""忧心孔疚",忧心的程度越来越强。主人公忧心之处在于一种担心"我行不来",即担心自己再也回不来。面对战争的残酷,面对无休止的征战,主人公的这种担心不无道理。第四、第五章描述战争的场面及主帅的车马及衣饰,最后一章描写归途之中的伤悲。

分析至此,我们发现,这首诗其实是倒叙加插叙进行的,这是主人公在凯旋途中所赋之诗,归途之中,回忆征战岁月,有痛定思痛之感。

诗中透露出厌战情绪,但又仅仅是微讽而已,比如主人公在埋怨王室的差事没个尽头的时候,转而又恨恨地说"玁狁之故",把矛头指向敌方玁狁。诗中有意对主帅奢靡生活进行揭露,然而也只是点到为止,比如诗中对"君子"也就是主帅的车马之盛("四牡业业""四牡骙骙""四牡翼翼")、装备之奢("象弭鱼服")的描写,可谓特写镜头,对比士卒的生活——采薇充饥,我们可以感受到作者的讽刺之意,但也仅限于此,作者没有直笔再写,而是急转笔锋,转而去写战争的艰辛。

文初交代,《采薇》末章被誉为《诗经》中最动人的千古名句之一。那么,我们回过头来再看看末章的句子,何以能称此评价:

> 昔我往矣,杨柳依依。今我来思,雨雪霏霏。
> 行道迟迟,载渴载饥。我心伤悲,莫知我哀!

细品末章,我们发现,作者在今昔对比之中,以乐景写哀情,以哀景写乐情,倍增其哀乐之情。主人公追忆自己当初离家的情景时(哀情),用依依的杨柳来表达自己对家人的不舍、家人对自己的牵挂;而凯旋的他,在途中(乐情)却用"霏霏雨雪"表达自己内心的不安与伤痛。他走在回家的路上,"行道迟迟,载渴载饥",这只是外在的表现,其实内心的伤悲是无人能够理解的,自己一走多年,家中有何变故他都不敢想象,此时更有一种近乡情怯之感。

总之,《诗经·小雅·采薇》用归途之中的老兵这一形象,表达出厌战思归的情绪,思归只是一个情绪宣泄的幌子,厌战才是作者想要表达的内容。

这首诗的写法类似于一部纪录片,画面感很强,我现在尝试用镜头(语言描述的镜头)把这首诗展现出来:

漫天大雪,整个世界白茫茫一片,从远处,走来一个身影,起初是一个点,进而是一条线,走近是一个面。走近之后,我们看到一个疲惫伛偻的身影,一张沧桑悲苦的脸。迷离之中,从这张沧桑的脸上我们看到了战争的印迹。

(镜头再拉近,脸部特写,镜头前推,打虚)一个士兵在前方采薇的镜头出现,(缩放特写)薇菜从生长到发芽到发叉,采薇的手从年轻稚嫩到苍老干枯,背景是战争厮杀的场面,战争激烈,血流成河。采薇镜头渐虚,战争场面成为主画面,(局部特写镜头)将军的车马——四匹高大齐整的大马、将军的装备——鱼皮的箭袋和雕饰的弯弓。(转成大场面)战争激烈进行,厮杀之声不绝于耳。(镜头渐虚,声音渐消,重新拉回到脸部特写)我们再次从这张沧桑的脸上读出悲伤与痛苦。

(镜头定格2秒,漫天大雪的画面一分为二)一个镜头是杨柳依依,年轻的士兵告别家人踏上征程;一个镜头是雨雪霏霏,年老的士兵战后生还踏上归途。

(两个镜头重新合二为一)画面重新回到漫天大雪的场景中,镜头中的士兵留给我们一个背影,这个背影踽踽独行,脚步沉重,从一个面走成一条线走成一个点,最后消失在我们的镜头中。我们的眼前只有漫天大雪,整个世界白茫茫一片……

文学之旅小驿站

有朋自远方来,不亦乐乎?

岁寒,然后知松柏之后凋也。

三人行,必有我师焉。

学而不思则罔,思而不学则殆。

知之为知之,不知为不知,是知也。

工欲善其事,必先利其器。

温故而知新,可以为师矣。

——《论语》摘选

 **文学之旅小贴士**

《论语》是记录孔子及其弟子言行的一部语录体著作,全书20篇,集中反映了孔子的思想,是儒家学派最重要的典籍。南宋朱熹把《论语》《大学》《中庸》《孟子》合称"四书"。

孔子与《论语》：山高水长　万世师表

　　《论语》，我们从小就开始读，长大了也还会读，但不同的年龄阶段读，会有不同的感悟，这也许就是《论语》的经典魅力所在。《论语》中有言"温故而知新"，现在我们一起跟随历史的脚步，再次打开《论语》温故，从《论语》中汲取新的力量，也从《论语》中瞻仰孔子的山高水长、万世师表。

　　提起孔子，可谓世界闻名、妇孺皆知。孔子，儒家的创始人，被列为世界十大思想家之首（《世界名人大词典》，1984年美国出版）、世界十大思想家和文化名人之首（《人民年鉴手册》，1985年英国出版），被称为万世师表。

　　1988年，诺贝尔物理学奖得主、瑞典科学家汉内斯·阿尔文博士在75位诺贝尔奖获得者的巴黎聚会中指出："人类要生存下去，就必须回到25个世纪之前，去汲取孔子的智慧。"

　　孔子学院，在世界各地成为一张中国名片。截至2023年12月31日，全球共有496所孔子学院和757个孔子课堂，分布在160个国家和地区。2023年，全球孔子学院和课堂注册学员近125万人，为超过3900个外方机构提供中文服务。（以上数据来自孔子学院官网）

用一个词来概括对孔子的印象，我们可能会想到他诸多的头衔——文学家、思想家、教育家、孔圣人、儒家创始人，当然还有人会想到这些词语——读书人、失败者、丧家之犬。但是，我觉得孔子的第一个身份也是最重要的一个身份应该是老师，也就是夫子。

首先，孔子是第一个开办私学的人，第一次将教育惠及平民阶层。在孔子之前，受教育是贵族子弟的专享，官学是不向平民百姓招生的。孔子开办私学，使得平民百姓有了受教育的机会。这项创举，打破了阶层固化的模式，学而优的读书人有了出人头地的机会。

其次，孔子广收门徒，桃李满天下。孔子有弟子3000人，贤者72人，其中颜回、闵损、冉耕、冉雍、冉求、仲由、宰予、端木赐、言偃、卜商，被称为"孔门十哲"。还有我们所熟知的曾参、曾皙等，都是比较突出的代表。

另外，孔子有一系列的教育理念，他提出因材施教，有教无类。在教学态度上，他"学而不厌，诲人不倦"。在学习方法上，他提出温故而知新、学而时习之。如今看来，作为一个教育工作者，我觉得孔老师的这些教育教学理念仍不过时。

每当我想起孔子时，我总是想亲切地称呼一声：夫子、老师。吴甘霖就有一本书，名为《亲爱的孔子老师》，单看书名，就让人觉得无比亲切。

当然，提及孔子，不得不提的还有《论语》。如果有人问你：《论语》是谁写的？或者《论语》的作者是谁？你一定要回答：不知道。因为，《论语》是记录孔子及其弟子，乃至再传弟子言论的一本书，属于语录体。通俗来讲，《论语》其实就是一本课堂笔记合辑。

我们所熟知的很多句子都出自《论语》，比如"岁寒，然后知松柏之后凋也""三人行，必有我师焉""学而不思则罔，思而不学则殆""人无远虑，必有近忧"等。至今还记得2008年北京奥运会的开幕式上那句"有朋自远方来，不亦乐乎"的温暖与真诚。《论语》共20篇，内容丰富。不得不感慨，这本笔记的记录者十分用心，不仅记录了老师在课堂上的言行，还记录了老师生活上的点滴。

《论语》中的内容大致可以分为以下几个方面。

其一是循循善诱之教，这部分内容体现了孔子的教育经验和教学方法。《论语》生动地记述了孔子诲人不倦、因材施教的大量言行，充分体现了孔子在教育方面处处坚持循循善诱的特点。这些内容，还是基于孔子的身份使然。

其二是议政论道之语，例如"君子之德风，小人之德草""天下有道，则礼乐征伐自天子出；天下无道，则礼乐征伐自诸侯出"。这部分内容表明孔子其实是非常关心天下大事的。孔子一生奔波于列国之间，但终未被重用。主要原因还是孔子仁爱的主张在当时争城掠地的春秋时期是不合时宜的。

这里还要提及一个词语——丧家之狗。《史记·孔子世家》中记载了这样一个故事：

孔子适郑，与弟子相失，孔子独立郭东门。郑人或谓子贡曰："东门有人，其颡似尧，其项类皋陶，其肩类子产，然自要以下不及禹三寸。累累若丧家之狗。"子贡以实告孔子。孔子欣然笑曰:"形状,末也。而谓似丧家之狗,然哉! 然哉!"

"丧家之狗"非常形象地展现了当时孔子颠沛流离的无奈,对于孔子而言,不只是这一个时刻他像丧家之狗,在他的精神世界中,他一直都是丧家之狗。李零先生在他的《丧家狗:我读论语》中指出:"任何怀抱理想,在现实世界找不到精神家园的人,都是丧家狗。"可谓一语中的。

其三是评文说艺之见。《论语》里记录的有孔子评论《诗经》的一些言论,反映了孔子的文艺观,比如:"《诗》三百,一言以蔽之,曰:'思无邪'。""诗,可以兴,可以观,可以群,可以怨。"从这里可以看出,孔子其实也是一个文艺青年。

其四是修身立德之诚。《论语》中还记录了一些孔子关于立身处世的言论,从侧面反映了孔子的道德观。比如:"朝闻道,夕死可矣。""吾日三省吾身:为人谋而不忠乎? 与朋友交而不信乎? 传不习乎?""见贤思齐焉,见不贤而内自省也。""己所不欲,勿施于人。"尤其是这句"己所不欲,勿施于人",于1993年被世界宗教议会大会写进《世界宗教议会走向全球伦理宣言》。

另外,《论语》中还有一些朋友相交之论,《论语》中记录了孔子对交友的一些言论,如:"益者三友,损者三友。友直,友谅,友多闻,益矣。友便辟,友善柔,友便佞,损矣""毋友不如己者"。这些都充分反映了孔子的交友观。这些也可以成为现代人交友的准则,尤其是青少年交友一定要谨慎！

　　整部《论语》中处处闪耀着孔子的仁爱思想，成为儒家经典的代表，南宋朱熹将《论语》与《大学》《中庸》《孟子》合为四书，《论语》对后世的政治制度、思想理论、文学创作等产生了巨大的影响。北宋开国宰相赵普就曾有言："半部《论语》定天下，半部《论语》治天下。"

　　从《论语》中我们可以感受到孔子的山高水长，可以体悟到孔子的万世师表。

　　隔着悠悠岁月长河，我想对孔子恭恭敬敬地说一声——

　　孔老师，您好！

文学之旅小驿站

北冥有鱼,其名为鲲。鲲之大,不知其几千里也;化而为鸟,其名为鹏。鹏之背,不知其几千里也;怒而飞,其翼若垂天之云。是鸟也,海运则将徙于南冥。

小知不及大知,小年不及大年。奚以知其然也? 朝菌不知晦朔,蟪蛄不知春秋,此小年也。楚之南有冥灵者,以五百岁为春,五百岁为秋;上古有大椿者,以八千岁为春,八千岁为秋,此大年也。

夫列子御风而行,泠然善也,旬有五日而后反。彼于致福者,未数数然也。此虽免乎行,犹有所待者也。若夫乘天地之正,而御六气之辩,以游无穷者,彼且恶乎待哉? 故曰:至人无己,神人无功,圣人无名。

——《逍遥游》节选

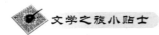 **文学之旅小贴士**

《逍遥游》是战国时期哲学家、文学家庄周的代表作,为道家经典《庄子》的首篇,在思想和艺术上都可作为《庄子》一书的代表。《逍遥游》追求一种绝对自由的人生观。庄周认为,只有忘却物我的界限,达到无己、无功、无名的境界,无所依凭而游于无穷,才是真正的"逍遥游"。

《逍遥游》：天马行空　大志大年

行至战国，我们一起跟随历史的脚步，和庄子一起去实现"乘天地之正，而御六气之辩，以游无穷"的逍遥游，一起去畅游天马行空、逍遥自在的心灵时空。

提及庄子，我们总会想起"庄生化蝶"的浪漫与神秘。"神秘"也成为很多人评价庄子的一个词语。

庄子的思想是东方神秘国度中国最有价值的思想。

——［德］海德格尔

读《庄子》像是读一本伟大的神秘主义的书。

——林语堂《信仰之旅》

《逍遥游》里也有一份专属于庄子的神秘与浪漫。

《逍遥游》出自《庄子·内篇》，也是《庄子》的第一篇。在一定意义上，《逍遥游》是庄子思想的代表。在这篇《逍遥游》里，我们可以看到世间万物皆有所待（不自由），且又有"小大之辩"（亦不自由），真正的逍遥游是不受外物限制的无所待（绝对自由），也就是"乘天

地之正,而御六气之辩,以游无穷"的逍遥游。

庄子这里所说的逍遥游,需要达到无己、无功、无名的境界,无所凭借,顺应天地万物的本性,在无穷无尽的境界中遨游。

看到这样的逍遥游境界,我们不禁会想,庄子何许人也? 他一定是实现了生活层面的各种自由,比如人身自由、财务自由、时间自由,不然何以实现逍遥游?

其实,庄子的生活捉襟见肘,庄子家贫,有时甚至需要借米下锅。《庄子·外物》里记载了一个故事:

庄周家贫,故往贷粟于监河侯。监河侯曰:"诺! 我将得邑金,将贷子三百金,可乎?"庄周忿然作色,曰:"周昨来,有中道而呼者,周顾视车辙,中有鲋鱼焉。周问之曰:'鲋鱼来,子何为者邪?'对曰:'我,东海之波臣也。君岂有斗升之水而活我哉?'周曰:'诺,我且南游吴越之王,激西江之水而迎子,可乎?'鲋鱼忿然作色曰:'吾失吾常与,我无所处。吾得斗升之水然活耳。君乃言此,曾不如早索我于枯鱼之肆!'"

涸辙之鲋这个故事说的是远水解不了近渴的道理,但从这个故事里我们也可以看到庄子的生活境况——家贫,贷粟。由此我们不禁质疑:庄子有什么资本逍遥游? 庄子所说的逍遥游能否实现?

诚然,按照常人的思维,一个在物质生活世界里捉襟见肘的人何以实现精神世界的逍遥游?

是的,此种境况普通人的确无法实现逍遥游,但庄子是个例外。因为庄子有大智慧,庄子的智慧——

是"子非鱼安知鱼之乐"的机敏;

是处于材与不材之间的明察;

是庄周梦蝶自喻适志的天人合一;

是"宁其生而曳尾于涂中"的穷通自乐;

是鼓盆而歌死生有命的通达。

庄子所谓的逍遥游不依赖于任何客观世界,是一种"无待"的境界,是一种精神上的绝对自由。那么,庄子所谓的逍遥游能否实现呢? 很明显,我们在现实社会中都是"有所待"的,这种绝对的自由在现实世界中是无法实现的。但在精神世界里我们可以任意遨游,一念一世界,一瞬即永恒,故而庄子的逍遥游在精神世界是可以实现的。

在现实社会中我们都是"有所待"的,这是我们在社会层面的责任和担当;但同时,在精神世界里我们都可以"无所待",这是我们在精神层面的想象和超越。我们可以在"有所待"中实现社会人格,我们可以在"无所待"中实现生命境界。

庄子的《逍遥游》留给我们的还有浪漫诡谲的想象。"以八千岁为春,八千岁为秋"的大椿树,"抟扶摇羊角而上者九万里"的大鹏,留给我们无穷的遐想。

庄子面对一切都安之若素,我们面对日常琐事的时候就应学他,处之云淡风轻。

　　若以八千岁为春,那我们细碎生活中的点滴又何须在意?

　　若之九万里而南,那我们眼前的荣耀与成败又何足提及?

　　以八千岁为春,之九万里而南。

第二编

汉魏六朝：文学转型

历史的车轮滚滚向前，我们跨越了春秋战国的纷争，越过了先秦两汉的辉煌，现在，让我们一同步入汉魏六朝这段文学转型的奇妙旅程。这一时期，乱世与变革交织，文学亦在风雨飘摇中展现出独特的魅力，为后世留下了无数瑰宝。

东汉末年，天下大乱，群雄纷争。乱世之中，文人墨客们身处朝不保夕的境遇，内心充满了忧国忧民的情怀。他们用笔尖写下了一首首感人至深的诗篇，将乱世情愁、报国无门和年华逝去的忧思融入字里行间。《古诗十九首》便是这一时期的代表作，它用晓畅明白的语言，为我们讲述了一个个乱世中的动人故事，弹奏了一曲曲伤感的乱世哀音。在"弃捐勿复道，努力加餐饭"的期冀中，我们仿佛听到了一个思妇对远方亲人的深深思念；在"盈盈一水间，脉脉不得语"的凝望中，我们感受到了那份无法言说的美好与思念。

进入三国两晋时期，历史的长河继续奔流。在这"滚滚长江东逝水"的兴替之中，我们为诸葛亮的壮志未酬而感慨万分；在"薄帷鉴明月，清风吹我襟"的《咏怀》中，我们读懂了阮籍的绝对孤独感，感受到了魏晋名士们的潇洒放诞与真性情。他们在乱世中坚守着自己的信仰和追求，用文学书写着对生命的热爱与敬畏。在山阳闻笛的《思旧赋》里，我们体会到了向秀对挚友的深切思念与无法言说的痛苦；在"采菊东篱下，悠然见南山"的恬淡自然中，我们见证了陶渊明对诗意田园生活的向往与追求。

汉魏六朝时期，文学逐渐从传统的经学束缚中解脱出来，开始关注个体情感与生命体验。诗人们用真挚的情感和独特的视角，描绘了一个个鲜活的人物形象,展现了一个个动人的故事场景。他们的作品不仅具有深刻的思想内涵,而且具有极高的艺术价值,为后世留下了宝贵的文化遗产。

汉魏六朝,是一个文学转型的时代。它见证了文学从质朴走向细腻、从宏阔走向深邃的过程。在这场文学转型的奇妙旅程中,我们见证了汉魏六朝时期文学的发展与繁荣。让我们继续前行,去感受那些时代的文学韵味,去领略那些经典作品所散发出的独特魅力。

文学之旅小驿站

行行重行行，与君生别离。

相去万余里，各在天一涯。

道路阻且长，会面安可知。

胡马依北风，越鸟巢南枝。

相去日已远，衣带日已缓。

浮云蔽白日，游子不顾返。

思君令人老，岁月忽已晚。

弃捐勿复道，努力加餐饭。

——《行行重行行》

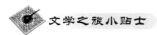

文学之旅小贴士

　　《行行重行行》是《古诗十九首》的第一首。此诗以深切的笔触描绘了一位女子对远行丈夫的思念之情。整首诗结构严谨，语言朴素自然，情感真挚动人，具有淳朴清新的民歌风格，是汉代文人五言诗的杰出代表之一。

《行行重行行》：遥不可及的思念

《行行重行行》是《古诗十九首》的第一首。《古诗十九首》是中国古代文人五言诗选辑，非一时一人所为，现代研究者认为大抵出于东汉末年。南朝梁萧统从传世"古诗"中选录19首编入《文选》，题为《古诗十九首》，后世遂作为组诗看待。这组诗的时代背景是东汉末年。东汉末年，是为乱世。这乱世，从一组数据中可见端倪：东汉中期的人口为6500万左右，三国初年的人口为2300万左右。在短短数十年的时间里，中国损失了近60%、多达4200万的人口（人口数据参考葛剑雄的《中国人口史》）。

乱世之中的士人受生活所迫不得不背井离乡，于是，作为游子的文士需要面对"别离"这个话题。乱世中，生离可能意味着死别，生离死别中，文士们将爱情、亲情、友情当成短暂人生中最值得珍惜的东西。古人先成家后立业，娶妻生子之后开始追求功业，妻子在家侍奉父母双亲，男子外出无后顾之忧。然而就是这样的成长模式，在中国文学史上造就了无数的游子思妇。所谓"游子""思妇"，就在一个人离开家乡的那一刻就产生了，离开家乡的人是游子，从此无尽地思念家乡的亲人和朋友；留在家里的即是思妇，从此无休地想念漂泊在外的游子。《古诗十九首》里关于游子思妇的诗有一半之多，如《行行重行行》《冉冉孤生竹》《客从远方来》《涉江采芙蓉》《庭中有奇树》等。

现在，我们跟随历史的脚步，去聆听一位思妇的心语。

这首诗语言浅显平易又不失文采，谢榛在他的《四溟诗话》里如是评价其语言风格："若秀才对朋友说家常话。"秀才说话自然是文绉绉的，不逊文采，但同时又是在话家常，自然是浅显明白，通俗易懂。

这首诗用晓畅明白的语言为我们讲述了一份乱世情愁，也用伤感的音调为我们弹奏了一曲乱世哀音。开篇5个字，4个是重复的，还有一个是重复的"重"字。"行行"意思是走啊走，"重行行"，再走啊走。首句的"走啊走走啊走"，我们似乎透过诗句看到一个游子拖着疲惫的脚步，迈着沉重的步履向前不断前行。当然，我们是从思妇的视角看到的这个画面，这也是留存于思妇想象之中的画面，在她的印象中，游子离开家乡之后，不停地行走着，向着她所未知的远方。

"与君生别离"，从这一低低的叹息中，我们看到了抒情主人公——思妇。在她看来，游子离乡，二人生别离，犹如永别离。游子越走越远，两人之间相隔万里之遥。在思妇的意识中，游子已经走到了天涯之远，而相对于游子而言，思妇和家乡也在远方的天涯，故而"各在天一涯"。天涯相隔，山高水长，其间自然道路险阻又漫长，可想而知，会面的日子遥不可及，谁知何时呢?!

"胡马"（从北方来到南方的马）、"越鸟"（从南方飞到北方的鸟），这两种意象的选择用心良苦，一飞禽一走兽，一南一北；北方来的马总会在北风中嘶鸣，南方来的鸟总会在朝南的枝头上筑巢，这是眷恋乡土的本性。在思妇的眼中，飞禽走兽，世间万物，皆有眷恋乡土的本性；而思妇心中有一个疑问：飞禽走兽尚且有眷恋乡土的本性，何况是人呢？何况是有情有义的君子呢？

别离的日子已太遥远，时间的久，空间的远，游子离家越久，离家也就越远，思妇也在无尽的思念中消瘦和憔悴了。衣带渐宽，是人在消瘦。饱受别离之苦的思妇，在极度的思念之中，面对杳无音信的游子，思妇开始产生了怀疑和猜测：为什么游子还不回家？是什么阻挡了游子回家的脚步？难道游子在外为他乡的女子所迷惑而不愿意回家了吗？

"浮云蔽白日，游子不顾返"，"浮云"喻指他乡美丽的女子，"白日"喻指君子。游子一走多年，思妇在思念中猜疑，她宁愿他在外面有了牵绊也不愿猜想他已客死他乡。因为她爱他，因为她还有希望还有期待。虽然思念让她憔悴不已，她依然愿意等待。

"弃捐勿复道，努力加餐饭。"这个结尾似乎有些突然，让人觉得始料未及，刚刚还陷入思念的深渊无法自拔的思妇忽然摇了摇头，自言自语道："别想了别猜了，即便是被抛弃了也不要再说了，还是好好吃饭吧！""努力加餐饭"，既是自我安慰，也是自我勉励，好好吃饭，保重身体，留得青春容光，以待来日相会。

在思妇的心中，也许有一个梦想：也许有一天他还会回来，我在这里等着他回来，等他一起看那桃花开……

文学之旅小驿站

迢迢牵牛星，皎皎河汉女。

纤纤擢素手，札札弄机杼。

终日不成章，泣涕零如雨。

河汉清且浅，相去复几许。

盈盈一水间，脉脉不得语。

——《迢迢牵牛星》

文学之旅小贴士

《迢迢牵牛星》选自《古诗十九首》第十首。此诗借神话传说中牛郎、织女隔河相望的悲剧，抒发离别相思之情，实际上是写人间夫妻咫尺天涯不得团聚的哀思，是极具代表性的相思怀远诗。

《迢迢牵牛星》：美好的思念

《迢迢牵牛星》是《古诗十九首》的第十首，内容是写牛郎织女的神话故事，也许是借此表达现实中分离不得相见的感情，也许只是为牛郎织女的故事而感动。现在，我们跟随历史的脚步去见证一份美好的思念。

诗中牛郎的"迢迢"之远，织女的"皎皎"之美，都让人过目不忘。两人相隔只是清浅的银河，并不遥远，但却只能脉脉相视而不能执手相对。

这首诗中讲述的是牛郎织女的故事，现在，我们就一起来看一下这个凄美的神话故事：

织女是王母娘娘的外孙女，在天上织云彩。牛郎是人间的一位看牛郎，受兄嫂虐待。有一天，牛告诉他，织女要和别的仙女到银河去洗澡，叫牛郎取一件仙衣，织女找衣服的时候，再还给她，并要求和她结婚，她一定会答应。牛郎照做了。织女和牛郎结婚后，生了一男一女，王母娘娘知道了，便把织女捉回去。牛又告诉牛郎，他可把它的皮披在身上，追到天上去。等牛郎带着两个小孩追到天上去时，王母娘娘拔下头上的发簪，在织女后面一划，形成一道天河，把这一对恩爱夫妻隔开了。他们天天隔河相望啼泣，感动了王母娘娘，于是允许他们每年七月七日相会一次。相会时，由喜鹊为他们架桥。

牛郎织女相会之日在七夕节，每到七夕，打开手机、电脑都是关于爱情的祝愿。仁者见仁，智者见智，七夕亦如是。七夕，在商家眼中可以作为卖点，在情侣眼中可以当成情人节，在文艺青年眼中可以看作乞巧节，在母亲和儿女眼中可以作为团圆节。

搜索记忆中关于七夕的诗词，这首《迢迢牵牛星》中的"盈盈一水间，脉脉不得语"，《七夕》中的"一道鹊桥横渺渺，千声玉佩过铃铃"，《鹊桥仙》中的"两情若是久长时，又岂在朝朝暮暮"，等等，都是关于牛郎织女爱情的咏叹。

换个角度而言，七夕，当大家都在关注牛郎织女的"金风玉露一相逢"时，却忽略了织女还是一个母亲，她还有一双儿女。我想，对于一个妈妈而言，分别之时，最割舍不下的应该是年幼的儿女。没有妈妈的日子，一双儿女该如何度过？别后思念，最牵肠挂肚的应该是那一双儿女的温寒，最撕心裂肺的应该是银河那岸一声"妈妈"的呼喊。七夕，如果真是相见的日子，那也应该是全家团圆的节日，不只是两个大人的执手泪眼。

再换个角度，从孩子的视角再去看待七夕传说，牛郎织女的传说流传至今，怎么就没有人关注这两个孩子呢？写诗作词的成人

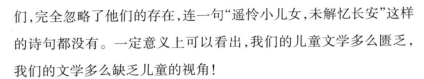

们,完全忽略了他们的存在,连一句"遥怜小儿女,未解忆长安"这样的诗句都没有。一定意义上可以看出,我们的儿童文学多么匮乏,我们的文学多么缺乏儿童的视角!

当然,很多神话传说在科学面前是无法立足的,从现在天文学的角度来看,牛郎和织女的一年一度相会是无法实现的。

我们还应该注意到一个问题,牛郎织女这个神话传说中,还有个很重要的角色——老牛。在大多数版本中,牛郎能够得到织女是牛出的主意(偷衣服),二人分离后,是牛皮让牛郎得以飞升追赶。可以说,没有牛的帮助,单靠牛郎自己,不可能发生这样美好的故事。

这是一个值得玩味的问题,为什么在这个传说中要加进"老牛"的角色,并让它在故事中发挥了巨大的作用呢?

其实这个故事是农业社会男耕女织理想生活方式的反映。古代的中国属于农业社会,男耕女织的生活方式是农业社会中最为普遍,也是最为理想的生活方式。这是先民之初的社会分工,即男耕女织。这也是我国"重男轻女"悠久传统的原因所在。这则神话中,男主人公为牛郎,"牛郎",其实包含一牛一男,他们都是当时的生产力。

农业社会阶段,男人种田,女人织布,日出而作,日落而息,自给自足,分工劳作。汉代有谚语说:"一夫不耕或受之饥,一妇不织或受之寒。"宋代范成大《四时田园杂兴》诗中也有这样的表述:"昼出耕田夜绩麻,村庄儿女各当家。童孙未解供耕织,也傍桑阴学种瓜。"这里所说的田园之乐就是男耕女织的生活方式。《牛郎织女》的故事所反映出来的文化意义就是小农经济时代人们对男耕女织、幸福安静田园生活的向往。

《迢迢牵牛星》则通过写牛郎织女的神话故事，表达着一份美好的思念，也许是借以表达现实中分离不得相见的一种感情，也许只是感念着牛郎织女故事的美好。

文学之旅小驿站

先帝创业未半而中道崩殂，今天下三分，益州疲弊，此诚危急存亡之秋也。然侍卫之臣不懈于内，忠志之士忘身于外者，盖追先帝之殊遇，欲报之于陛下也。诚宜开张圣听，以光先帝遗德，恢弘志士之气，不宜妄自菲薄，引喻失义，以塞忠谏之路也。

…………

臣本布衣，躬耕于南阳，苟全性命于乱世，不求闻达于诸侯。先帝不以臣卑鄙，猥自枉屈，三顾臣于草庐之中，咨臣以当世之事，由是感激，遂许先帝以驱驰。后值倾覆，受任于败军之际，奉命于危难之间，尔来二十有一年矣！

——《出师表》节选

 文学之旅小贴士

《出师表》是三国时期蜀汉丞相诸葛亮于公元227年决定北上伐魏之前，向后主刘禅上书的一篇表文。全文以恳切言辞劝勉后主刘禅，也表达了诸葛亮的忠诚与决心。该作品语言质朴，情感真挚，结构严谨，具有极高的文学价值。通过《出师表》，我们可以深刻感受到诸葛亮的忠诚和智慧，以及他对蜀汉的深厚情感。

《出师表》：诸葛亮的遇与不遇

黯淡了刀光剑影　远去了鼓角争鸣

眼前飞扬着一个个鲜活的面容

湮没了黄尘古道　荒芜了烽火边城

岁月啊　你带不走那一串串熟悉的姓名

兴亡谁人定啊　盛衰岂无凭啊

一页风云散哪　变幻了时空

聚散皆是缘哪　离合总关情啊

担当生前事啊　何计身后评

长江有意化作泪　长江有情起歌声

历史的天空闪烁几颗星

人间一股英雄气　在驰骋纵横

　　这是电视剧《三国演义》片尾曲《历史的天空》的歌词，此刻我的电脑里单曲循环着这首歌，三国时期的人和事也在脑海中浮现，让我们也跟随历史的脚步走进这段英雄逐鹿的时代。

　　随着东汉王朝的覆没，英雄辈出，直至天下三分，鼎足而立，三国的时代正式来临。"天下英雄谁敌手,曹刘,生子当如孙仲谋",曹操、刘备、孙权,三国之主,也就成为这个时代的英雄。

然而,三国时期的诸多人物中,我独钟情于蜀相诸葛亮。

记得中学时语文课本上学到诸葛亮《出师表》时,我痴迷于这篇文字,一字不落地背会,至今仍能成诵。

南宋陆游曾在《书愤》一诗中说道:"出师一表真名世,千载谁堪伯仲间。"这篇《出师表》是诸葛亮写于建兴五年(227年)即将北伐曹魏之时,也算是对后主刘禅的临别叮嘱。诸葛亮是丞相,也是后主刘禅的父辈,所以这份《出师表》言辞恳切。在这封书表中,诸葛亮针对当时复杂的时局,劝诫刘禅继承父亲刘备遗志,广开言路,赏罚分明,亲贤臣远小人,甚至将合适的人选都列了名单给刘禅,可以说是一万个不放心。

最让我感动的是后半部分诸葛亮回顾自己与先帝的种种往事,三顾茅庐,白帝托孤,知遇之恩,驱驰效命:

臣本布衣,躬耕于南阳,苟全性命于乱世,不求闻达于诸侯。先帝不以臣卑鄙,猥自枉屈,三顾臣于草庐之中,咨臣以当世之事,由是感激,遂许先帝以驱驰。后值倾覆,受任于败军之际,奉命于危难之间,尔来二十有一年矣。

先帝知臣谨慎,故临崩寄臣以大事也。受命以来,夙夜忧叹,恐托付不效,以伤先帝之明;故五月渡泸,深入不毛。今南方已定,兵甲已足,当奖率三军,北定中原,庶竭驽钝,攘除奸凶,兴复汉室,还于旧都。此臣所以报先帝而忠陛下之职分也。

　　当然，最让我感慨的也是这部分内容，由此，我不禁思考一个问题，对于诸葛亮而言，到底是遇还是不遇呢？

　　我大致梳理了《三国演义》中诸葛亮出场前的铺垫，在《三国演义》里，诸葛亮第一次被提及是在第三十五回，刘备走马南漳水镜山庄，水镜先生司马徽言"卧龙凤雏，二人得一，可安天下"，卧龙即诸葛亮。诸葛亮的名字第一次出现是在第三十六回，徐元直被骗至曹营前，回马荐诸葛，正式说出了诸葛亮的姓名、字号及出身：

　　此人乃琅琊阳都人，复姓诸葛，名亮，字孔明，乃汉司隶校尉诸葛丰之后。其父名珪，字子贡，为泰山郡丞，早卒；亮从其叔玄。玄与荆州刘景升有旧，因往依之，遂家于襄阳。后玄卒，亮与弟诸葛均躬耕于南阳。尝好为《梁父吟》。所居之地有一冈，名卧龙冈，因自号为"卧龙先生"。此人乃绝代奇才，使君急宜枉驾见之。若此人肯相辅佐，何愁天下不定乎！

　　也就是在此时，刘备方知水镜先生所言"伏龙"即为诸葛亮。第三十七回中，水镜先生司马徽再次出场又将诸葛亮隆重介绍一番。

　　孔明与博陵崔州平、颍川石广元、汝南孟公威与徐元直四人为密友。此四人务于精纯，惟孔明独观其大略。尝抱膝长吟，而指四人曰："公等仕进可至刺史、郡守。众问孔明之志若何，孔明但笑而不答。每常自比管仲、乐毅，其才不可量也。"玄德曰："何颍川之多贤乎！"徽曰："昔有殷馗善观天文，尝谓'群星聚于颍分，其地必多贤士'。"时云长在侧曰："某闻管仲、乐毅乃春秋、战国名人，功盖寰宇；孔明自比此二人，毋乃太过？"徽笑曰："以吾观之，不当比此二人；我欲另以二人比之。"云长问："那二人？"徽曰："可比兴周八百年之姜子牙、旺汉四百年之张子房也。"众皆愕然。

司马徽提到诸葛亮曾以管仲、乐毅自比，当关羽提出异议时，司马徽又以姜子牙、张良来比诸葛亮。

之后的场景大家都知道，刘备三顾茅庐，诸葛亮未出茅庐已定三分天下。再之后就是一路出奇制胜，火烧博望、火烧新野、火烧赤壁，借荆州、夺西川，七擒孟获、六出祁山，最后秋风五丈原，鞠躬尽瘁，死而后已。

在三国的故事里诸葛家族还有一个微妙的站位，诸葛亮、诸葛瑾、诸葛诞三兄弟各在一国，分属于三国，且均居高位，诸葛亮在蜀汉位至宰相，诸葛瑾在吴国官至大将军，诸葛诞在魏国官至征东大将军。《太平御览·人事部·品藻中》记载："诸葛瑾弟亮及从弟诞，并有盛名，各在一国。于时以为蜀得其龙，吴得其虎，魏得其狗。诞在魏，与夏侯玄齐名。瑾在吴，吴朝服其弘雅。"

在"尊刘抑曹"的《三国演义》中，作为蜀汉宰相的诸葛亮是智慧的象征，是忠义的化身，更是仁政理想的实现者。我甚至觉得诸葛亮是《三国演义》里的灵魂人物。我在读《三国演义》时，诸葛亮出山之前的纷乱时局，诸葛亮死后的三家归晋，我脑海中留下印象的没几个人物,而对于诸葛亮每一回的出场,我都味之不尽,反复阅读。

梳理诸葛亮的一生,自从刘备三顾茅庐访贤得贤,诸葛亮屡建奇功的前提就是刘备的言听计从,从这个层面而言,诸葛亮是得遇明主,也正因此,诸葛亮为报知遇之恩,才呕心沥血,鞠躬尽瘁。

然而,时也,势也,诸葛亮所处的时代,曹操首先挟天子以令诸侯,雄踞已经统一的北方;孙权据长江之险,独霸一方,虎视眈眈;相比而言,刘备手无寸土,兵少将寡,毫无优势。诸葛亮倾其所学,最终也只能完成他在隆中所设想的三分天下而已。所以,从这个层面上说,诸葛亮是未遇其时。

正如水镜先生司马徽所预言:"卧龙虽得其主,不得其时,惜哉!"他的遇,是得遇明主;他的不遇,是生不逢时。

文学之旅小驿站

夜中不能寐,起坐弹鸣琴。

薄帷鉴明月,清风吹我衿。

孤鸿号外野,翔鸟鸣北林。

徘徊将何见,忧思独伤心。

——阮籍《咏怀》

 **文学之旅小贴士**

阮籍(210—263),字嗣宗,陈留郡尉氏县(今属河南)人,是三国时期魏国的著名诗人,也是"竹林七贤"之一。他崇奉老庄之学,政治上则采取谨慎避祸的态度。阮籍的诗文对后世影响深远,是中国文化史上的重要人物,其代表作《咏怀》八十二首开创诗歌新境界,寓意深沉,情感真挚。

《咏怀》:绝对的孤独

魏晋这个年代,文学史上评价颇高,所谓"魏晋风度""魏晋风流"就是对魏晋名士风骨的赞誉。有"名士教科书"之称的《世说新语》就是魏晋名士清谈雅量的集中记录。魏晋时期的文士,较著名的便是"竹林七贤",即阮籍、嵇康、山涛、向秀、刘伶、阮咸、王戎。这七位文士常常集于竹林之中,纵酒放歌,酣畅肆意,故谓之"竹林七贤"。

《世说新语》中关于"竹林七贤"是这样描述的:"陈留阮籍、谯国嵇康、河内山涛,三人年皆相比,康年少亚之。预此契者:沛国刘伶、陈留阮咸、河内向秀、琅邪王戎。七人常集于竹林之下,肆意酣畅,故世谓竹林七贤。"

阮籍和嵇康可以说是"竹林七贤"的精神领袖,也是正始文学的杰出代表。

我们一起跟随历史的脚步走近"竹林七贤",通过阮籍的一首《咏怀》诗去解读他们放浪形骸背后内心的挣扎与孤独。

这首诗写在一个孤独的晚上,作者夜中无眠,独坐弹琴,明亮的月光洒在薄薄的帷帐上,清风轻轻吹拂着衣襟,这略显凄清的画面之中我们一眼看到孤独的诗人，他将自己无眠的忧思付诸琴音，或许这忧思不得与外人道，只能用弹琴来抒发。在这凄清的环境中，还有孤鸿在野外哀号，飞鸟在北林悲鸣。也许这孤鸿和翔鸟是作者有所指代的比兴手法，也许只是此时此刻这孤独夜晚中与琴声相伴的飞禽。作者月夜徘徊，空余忧思与伤心。整首诗中仅有作者一人，透露出深深的孤独感。

清代方东树在《昭昧詹言》卷三中评论这首《咏怀》诗："此是八十一首发端，不过总言所以咏怀不能已于言之故。"值得一提的是，这首《咏怀》诗不是一个单篇，阮籍写了八十二首咏怀诗，这是其中第一首。这一组数量较为庞大的组诗，以"咏怀"命篇，来抒发自己的情怀。

阮籍在他的组诗《咏怀》中表达了自己深深的孤独和悲哀。阮籍的这些诗歌展现了其心路历程中的痛苦与挣扎、苦闷与绝望，同时，这也是魏晋时期文士的心路历程。

我们可通过一些典故了解阮籍的处境与心境。"白眼"便是其中之一，"白眼"典故出自《晋书·阮籍传》："籍又能为青白眼。见礼俗之士，以白眼对之。……籍曰'礼岂为我设邪！'"阮籍与人相处时区别对待，对于礼法中人他白眼以向，对于志同道合者他青眼相迎。对于当时循规蹈矩的士大夫阶层，阮籍都是白眼以对的。很多人说"白眼"典故反映了阮籍的孤傲，我却觉得，这"白眼向青天"的背后是阮籍内心深深的孤独。

阮籍在他的时代是不被理解的，当他为英年早逝的兵家女儿伤心痛哭时，没人明白他在为美好的逝去而哭；当他在旷野之中为穷途而哭时，没人理解他内心深深的绝望与孤独。

《晋书·阮籍传》中这样记载阮籍的穷途之哭："时率意独驾，不由径路，车迹所穷，辄恸哭而反。尝登广武，观楚汉战处，叹曰：'时无英雄，使竖子成名！'登武牢山，望京邑而叹。"

我们可以去还原这个场面，阮籍一人驾车漫无目的地行走在旷野之中，走到路的尽头就放声大哭一场，然后掉转马头继续信马由缰。曾有一次观楚汉古战场处，发出一声寂寞的感叹："时无英雄，使竖子成名！"阮籍的穷途之哭，是为时局而哭，是为命运而哭，也是为天下而哭。在这个乱世之中，在英雄远去的时代，没有了刀光剑影的正面厮杀，只剩下暗箭难防的蝇营狗苟。在这个后英雄时代，阮籍不愿意同流合污，不愿意曲意逢迎，这就注定了他内心的孤独与绝望。

番外：阮籍之父与子

阮籍的父亲阮瑀，字元瑜，是"建安七子"之一，也是建安文学中著名的诗人。阮瑀曾在曹操麾下任司空军谋祭酒，掌管记室，后为仓曹椽属。

阮籍的儿子阮浑，据《晋书·阮籍传》记载"有父风"。"少慕通达，不饰小节"，阮籍告诉儿子阮浑："仲容（阮浑堂兄阮咸）已豫吾此流，汝不得复尔！"太康中，阮浑为太子庶子。据传，阮浑为官本分，平生未有一次醉酒的记录。

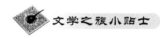 文学之旅小驿站

将命适于远京兮，遂旋反而北徂。济黄河以泛舟兮，经山阳之旧居。瞻旷野之萧条兮，息余驾乎城隅。践二子之遗迹兮，历穷巷之空庐。叹黍离之愍周兮，悲麦秀于殷墟。惟古昔以怀今兮，心徘徊以踌躇。栋宇存而弗毁兮，形神逝其焉如。昔李斯之受罪兮，叹黄犬而长吟。悼嵇生之永辞兮，顾日影而弹琴。托运遇于领会兮，寄余命于寸阴。听鸣笛之慷慨兮，妙声绝而复寻。停驾言其将迈兮，遂援翰而写心。

——向秀《思旧赋》

文学之旅小贴士

向秀（约227—272），字子期，河内怀县（今河南武陟）人。魏晋时期文学家，"竹林七贤"之一。景元四年（263年），嵇康、吕安被司马昭害死后，向秀受司马昭接见，后官至黄门侍郎、散骑常侍。向秀曾注《庄子》，被赞为"妙析奇致，大畅玄风"（《世说新语·文学》）。《思旧赋》是向秀为追思好友嵇康和吕安所作的一篇赋，以其真挚的情感、独特的文学风格和深刻的历史价值，成为魏晋文学中的经典之作。

一场『穿越』的文学之旅

《思旧赋》:欲言又止的思念

《思旧赋》是文学史上一篇著名的小赋,是向秀写来纪念自己旧友嵇康和吕安的一篇祭文。我们跟随历史的脚步解读《思旧赋》中这份欲言又止的思念。

向秀,字子期,魏晋之际的哲学家、文学家,也是"竹林七贤"之一。平时研读《庄子》,讲学乡里。向秀与嵇康、吕安交善,常常在嵇康打铁时一旁鼓风,也常常去吕安的菜园子帮忙浇菜。

向秀的这篇《思旧赋》追思往事,寄意深远。想要理解这篇小赋的含义,我们就需要了解一下本篇赋中悼念的两位人物嵇康和吕安以及他们获罪的缘由。

嵇康,字叔夜,是"竹林七贤"之一,魏晋时期的思想家(《养生论》)、音乐家(《广陵散》)、文学家(《幽愤诗》)。嵇康长相俊美,按现在的话来讲,绝对是帅哥一枚,刘义庆在《世说新语》中描述嵇康:"身长七尺八寸,风姿特秀。见者叹曰:'萧萧肃肃,爽朗清举。'或云:'肃肃如松下风,高而徐引。'"山涛形容嵇康:"嵇叔夜之为人也,岩岩若孤松之独立;其醉也,傀俄若玉山之将崩。"

嵇康拒不出仕的宣言《与山巨源绝交书》,招致司马昭的忌恨。

司马氏大权在握欲取曹魏而代之，很在乎这些名士的态度，因为这关系到一般士人的向背，而嵇康偏偏是名士中比较出众的一个。

吕安，嵇康好友，为人简傲，开旷脱俗。吕安与嵇康的关系非同一般，是至交好友。两人住处较远，一南一北，但吕安"每一相思，千里命驾"，后来人们就用"相思命驾"来赞扬朋友之间的深情厚谊。吕安最致命的弱点就是有个漂亮的妻子，因其妻徐氏貌美，被他的哥哥吕巽看中，并迷奸之。因为吕安和嵇康是至交，就私下跟嵇康哭诉此事，嵇康劝其隐忍，毕竟家丑不可外扬。没有想到的是，吕巽却恶人先告状，跑去官府告吕安不孝。司马氏以孝治天下，不孝就是大罪，吕安被下狱。嵇康为之鸣不平，一并被下狱，同罪论处。当时与嵇康有宿怨的钟会趁机进言，司马昭下令处死嵇康与吕安。

由此，我们可以看出，嵇康和吕安获罪的原因似乎有些"莫须有"，但这只是一个借口而已。真正的原因可能还是嵇康的不合作吧！

其实嵇康的行为与同时代的阮籍相比，简直是小巫见大巫。我们讲一个阮籍的故事，阮籍居母丧期间参加司马氏宴会，席间吃肉喝酒，有人不满，觉得阮籍大不孝，可是司马昭却说，先生母亲去世了，心里难受得很，你看看，他人都瘦了。吃点肉、喝点酒怎么了？你不能与先生同悲，在这里胡言乱语什么！

看到了吧！这就是双重标准，同样是孝的问题，阮籍可以无事，嵇康却被处死，这跟嵇康的身份可能也有一些关系——嵇康是曹操的曾孙女婿，属于曹魏的姻亲。对于司马氏而言，嵇康若不能"为我

一场"穿越"的文学之旅

所用"，只能除之而后快。

了解了这件事的背景，我们再来看向秀这篇悼念旧友的赋，赋分为"序言"和"正文"两部分，"序"一般是交代写作的原因、地点、人物、事件等信息，然而此赋的正文只有156字，序言却有104字。序言如下：

余与嵇康、吕安居止接近，其人并有不羁之才。然嵇志远而疏，吕心旷而放，其后各以事见法。嵇博综技艺，于丝竹特妙。临当就命，顾视日影，索琴而弹之。余逝将西迈，经其旧庐。于时日薄虞渊，寒冰凄然。邻人有吹笛者，发音寥亮。追思曩昔游宴之好，感音而叹，故作赋云。

我们从这篇长长的序文里可以看到几个信息：嵇康、吕安的简介，嵇康行刑时的场面，写这篇赋的原因。作者即将去洛阳，途经山阳旧宅，当时夕阳西下，寒冰凄然，恰好这时邻人吹笛，听闻笛音嘹亮，不由追思往昔，于是写下这篇赋。

按照常规的思维逻辑，前面的序文里已经交代了很多内容，这正文里应该就是追忆好友情真意切的动情之语了。然而，这篇《思旧赋》却不走寻常路，正文里写的内容似乎和序文有些重复，依然在说自己将去洛阳，经过山阳旧居，感慨物是人非，听到慷慨笛音，于是就用笔写下了此刻的心情。

向秀翻来覆去似乎在强调一件事情，那就是写这篇文章纯属偶然为之，并非筹划已久。向秀在告诉读者，其实更确切地说是告诉司马氏：我在西去洛阳的途中，恰好经过山阳旧居，恰好又是日暮时分情景凄凉，恰好又有邻人吹笛，于是，此情此景，不由感发，一切的一切，都是纯属偶然。向秀在反复强调偶然因素，摆明了就是一种态度——不管你信不信，反正我是信了！

　　这篇看似偶然为之的小赋，却是纪念自己至交好友的唯一文字，只言片语，含蓄委婉，字里行间，我们读到的只是纯属偶然。但，此中深情，无法与外人道。向秀不说，不是不愿说，是不能说。鲁迅先生曾说："年青时读向子期《思旧赋》，很怪他为什么只有寥寥的几行，刚开头却又煞了尾。然而，现在我懂得了。"

　　"纯属偶然"的《思旧赋》，含蓄至极，用简短的笔墨，匆匆写就了自己的怀旧之思，欲言又止，不管是哀怨还是激愤，都藏在了山阳邻笛的慷慨余音中。

文学之旅小驿站

少无适俗韵,性本爱丘山。

误落尘网中,一去三十年。

羁鸟恋旧林,池鱼思故渊。

开荒南野际,守拙归园田。

方宅十余亩,草屋八九间。

榆柳荫后檐,桃李罗堂前。

暧暧远人村,依依墟里烟。

狗吠深巷中,鸡鸣桑树颠。

户庭无尘杂,虚室有余闲。

久在樊笼里,复得返自然。

——陶渊明《归园田居》(其一)

文学之旅小贴士

陶渊明(365或372或376—427),一名潜,字元亮,私谥靖节,浔阳柴桑(今江西九江西南)人。我国古代杰出的文学家。他是中国著名的田园诗人,被称为"古今隐逸诗人之宗"。有《陶渊明集》传世。

《归园田居》组诗是中国古代田园诗的代表作之一,真切表达了诗人对田园生活的热爱和向往,以及对现实社会的不满和批判。这组诗不仅展现了陶渊明的文学才华,也体现了他的人生追求和理想境界。

陶渊明与田园诗

行至东晋,我们一起去认识一位隐逸诗人陶渊明。在那个被称为乱世的年代,陶渊明恬淡宁静,用他的诗歌为我们开启了一片诗意田园,开启了另一方天地。

其实,作为"古今隐逸诗人之宗"(钟嵘《诗品》)的陶渊明,并非如我们想象的一袭布衣潇洒隐士,陶渊明一生曾有五次出仕的经历:

第一次出仕:在他二十八九岁时,出为江州祭酒,但很快就"不堪吏职"而辞职回家,"躬耕自资"。

第二次出仕:在他三十五六岁时,为荆州刺史桓玄幕僚。三年之后丁母忧,辞官回家,又开始了躬耕田园的生活。

第三次出仕:在他40岁的时候,也就是母丧三年期满之后,出任镇军将军刘裕的参军。

第四次出仕:东晋安帝义熙元年(405)三月,从刘裕处转任建威将军刘敬宣的参军,4个月后刘敬宣被免职,他自动解职回家。

第五次出仕:义熙元年八月,陶渊明求为彭泽令。是年十一月,做了70天县令后,作《归去来兮辞》,便辞职回家。

我们可能只知道最后这段彭泽县令挂冠归隐的仕宦经历，却不承想，陶渊明曾经有过那么多次出仕经历。陶渊明之所以再三辞职又再三出仕，可能有以下几个原因。

其一，乱世黑暗，让陶渊明无法实现政治理想。陶渊明生逢乱世，他的一生经历了三个朝代、十位皇帝，社会处于空前的大分裂、大动荡的黑暗时期。我们常说，宁为太平犬，不为乱离人。在这样的社会中，陶渊明的治世理想是难以实现的。晋宋时期，推行的是士族门阀制度，政治极端腐朽。从29~41岁这13年的游宦生涯中，陶渊明曾五次出仕，五次辞官。他第五次出仕，任彭泽令。不久，他就挂冠归隐，再未出仕。这五次出仕，他在职的时间前后累加也不过四五年，所任官职都是些幕僚、参军、县令之类的，根本不可能实现他那"大济苍生"的远大抱负。但他又心存希望，雄心不死，所以才这样仕而退、退而仕，反复不已。这时期陶渊明在"用世"问题上发生的反复曲折的变化、直到最后政治理想的彻底破灭的思想状况，在他的咏怀诗中都有所表现。

其二，家庭影响，让陶渊明有清高淡远的风格。陶渊明的曾祖陶侃是晋初名臣，东晋名将，勤于吏治，清正廉明。陶渊明的祖父陶茂、父亲陶逸，也都是冲和温雅、淡泊名利的人。最值得一提的是陶渊明的外祖父孟嘉，也可以说，孟嘉对陶渊明的影响更大。陶渊明曾作《晋故征西大将军长史孟府君传》，在这篇记述自己外祖父孟嘉的传记里，陶渊明用了很多词汇形容自己的外祖父孟嘉："冲默有远量""温雅平旷""行不苟合,言无夸矜,未尝有喜愠之容,好酣饮,逾多不乱。至于任怀得意,融然远寄,傍若无人"等。孟嘉"龙山落帽"的典故,表现了孟嘉的气度,也表明了孟嘉的才情。陶渊明十分仰慕自己的外祖父,就连陶渊明的冲淡闲远之风,也是颇似孟嘉。

其三,个性使然,陶渊明不愿折腰事人。南朝梁萧统的《陶渊明传》里记录了陶渊明出仕彭泽令的去职缘由:"岁终,会郡遣督邮至。县吏请曰:'应束带见之。'渊明叹曰:'我岂能为五斗米折腰向乡里小儿!'即日解绶去职。"《晋书·陶潜传》也记述陶渊明的辞职感言:"吾不能为五斗米折腰,拳拳事乡里小人邪。"大意相同,也就是后来我们常说的"不为五斗米折腰"。

关于任职彭泽令及弃官前因后果,陶渊明在《归去来兮辞·序》里如是说:

彭泽去家百里,公田之利,足以为酒。故便求之。及少日,眷然有归欤之情。何则?质性自然,非矫厉所得。饥冻虽切,违己交病。尝从人事,皆口腹自役。于是怅然慷慨,深愧平生之志。犹望一稔,当敛裳宵逝。

综上,我们可以推测,陶渊明挂冠归隐的想法由来已久,于是便就着督邮检查工作的因由,不愿逢迎,辞官而去。这也是陶渊明最后一次出仕,此后便归隐田园。

陶渊明在相当于自传的《五柳先生传》中曾说:"闲静少言,不慕荣利。"这就是陶渊明的个性,这样的性格,的确不适合出仕为官。其实,关于陶渊明的做官与归隐,他在《归去来兮辞·序》中说得很清楚:"家贫,耕植不足以自给",所以做官;"质性自然,非矫厉所得",所以辞官。

陶渊明与诸多文人一样,都信奉"穷则独善其身,达则兼善天下"的理念,学而优则仕,都有"治国平天下"的政治理想。然而出仕之后的陶渊明发现,这世界并不如他所想象,于是,陶渊明在乱世之中,仕与隐的夹缝中周旋,"性本爱丘山"的陶渊明最终选择了他所热爱的丘山田园,在田园中找寻自己的精神家园!

陶渊明笔下的田园,是被他用诗的手段高度纯化、美化了的田园,是一座精神避难所。

陶渊明真实的生活状况从他的诗里可窥见一斑,我们都学过他的《归园田居》(其三),"种豆南山下,草盛豆苗稀",我们读起来很有诗意,但潜在的苦难我们没有读出来,草盛豆苗稀就意味着收成不好,就意味着日子不好过。陶渊明《五柳先生传》也提到自己家"环堵萧然,不蔽风日"。在义熙四年(408),陶渊明44岁时,一场灾祸更使他全家一贫如洗。这年夏天,诗人笔下洋溢着生活气息的"方宅十余亩,草屋八九间"被一场无情的大火烧光了,全家只好寄居在船上,靠亲朋好友的接济过活。比如陶渊明在一些叹贫诗里写到"夏日长抱饥,寒夜无被眠",在《乞食》诗里也写到自己向邻里讨饭的经历,"饥来驱我去,不知竟何之。行行至斯里,叩门拙言辞",等等。这些都表明,陶渊明真实的生活其实并不诗意,他只是把生活过成了诗的模样。

陶渊明在他那平淡苦难的生活中为我们开启了一片诗意田园，开启了另一方天地。陶渊明的田园诗影响深远，深入我们内心，远超岁月千年。

陶渊明的田园诗里有"采菊东篱下"的闲适，有"欲辨已忘言"的理趣，有"心远地自偏"的恬淡，有"鸡鸣桑树颠"的自然。

陶渊明的田园诗中描绘的图景，用当下的话来讲就是很治愈。

在陶渊明的田园中——

我们看到的是恬淡自然的诗意人生；

我们看到的是普通平凡的自由生活；

我们看到的是安宁平淡的田园之乐。

作为现代人的我们也应该思考，从今天起像陶渊明一样热爱自然、热爱生活，在普通平凡的生活里活出诗意。

第三编

唐代：文学的盛世

 文学之旅小驿站

　　甚矣,诗之盛于唐也!其体则三、四、五言,六、七杂言,乐府、歌行、近体、绝句,靡弗备矣;其格则高卑、远近、浓淡、浅深、巨细、精粗、巧拙、强弱,靡弗具矣;其调则飘逸、浑雄、沉深、博大、绮丽、幽闲、新奇、猥琐,靡弗诣矣;其人则帝王、将相、朝士、布衣、童子、妇人、缁流、羽客,靡弗预矣。

　　　　　　　　　　　——[明]胡应麟《诗薮》外编卷三

　　诗莫盛于唐。一出唐人之手,则览之有色,扣之有声,而嗅之若有香。相去千余年之久,常如发硎之刃,新披之萼。

　　　　　　　　——[明]袁中道《珂雪斋文集》卷二《宋元诗序》

　 文学之旅小贴士

　　唐诗数量庞大,《全唐诗》(清代彭定求等10人奉敕编),共有900卷,共计收诗49403首,作者2837人。陈尚君《全唐诗补编》,又辑佚补录唐五代诗歌约6400首,共收唐五代3300余名诗人的诗词作品55000余首。

跟随历史的脚步,我们一起举步来到大唐王朝。说起唐朝,我们无一例外会想到唐诗;说起诗,我们也会不由自主地想到唐诗。王国维先生更是将"唐之诗"标举为一代之文学。我们从小耳熟能详的诗大多是唐诗,比如"床前明月光",比如"少小离家老大回",比如"二月春风似剪刀",等等。

既然是唐诗,我们首先要说说"唐",即大唐王朝。

大唐之大,超乎我们想象,大唐王朝拥有中国历史上空前辽阔的疆域。我们可以看看当时大唐设立的几个都护府位置:

安北都护府:辖境与今蒙古国和俄罗斯西伯利亚南部一带相当。

安西都护府:统辖安西四镇(龟兹、疏勒、于阗、碎叶),辖境与今新疆及中亚楚河流域相当。

北庭都护府:统辖包括天山北路东起今阿尔泰山、巴里坤湖,西至咸海的西突厥各部族。

安东都护府:治所在平壤(今朝鲜平壤市)。辖境西起今辽宁辽河以东,吉林松花江和头道江西南,南及今朝鲜北部和西部,今吉林、黑龙江的松花江、牡丹江流域和乌苏里江以东地为其所据。

安南都护府:治所在宋平(今越南河内)。辖境约北包今云南红河、文山二自治州,南至今越南广平省横山与林邑(环王)接界,东有广西那坡、靖西等市县边境和越南高平省广渊以西、以南地区。

大唐王朝不仅疆域辽阔,还拥有比较稳定的边防,贞观三年

（629），四夷来宾，奉太宗为天可汗。

大唐王朝还是当时文化的领军者，以自身的强大，充分对外开放，对各种文化兼容并蓄，并在各种文化的交流中处于主导地位。据说，当时的长安城里可以看到很多的外国留学生及文化交流者。唐代妇女有较高的社会地位，男女较为平等。妇女在行为上受约束程度较低。中外文化交融所形成的这种较为开放的风气，对于文学题材的拓展，文学趣味、文学风格的多样化，都有重要的意义。

大唐王朝三教并兴，思想自由，其标志就是唐玄宗亲自为儒家的《孝经》、道家的《道德经》、佛家的《金刚经》作注，并颁布全国，州县刻碑，供世人学习。在这样的环境下，人们的思想及宗教取向很自由很随意，自然在文学作品中也就很少忌讳。

唐朝还是士族社会的最后繁荣阶段，从秦汉到唐代是以士族社会为主的阶段，世袭及封爵导致历代王朝都是以一些大家族控制政权为主的，这种局面到唐末、五代十国时期才被完全打碎重组，宋以后科举的进一步完善使以庶民为主的社会重新建立新的道德法则。

这就是大唐王朝，这就是唐诗产生的国度。

然后我们再来说说"诗"，即唐诗。诗在唐朝大获发展，首先，在数量上，《全唐诗》共收录唐代诗人2837人的诗作共计49403首，共计900卷，后经陈尚君先生补遗，《全唐诗》有55000多首。另外，唐诗的形式多种多样，有五言古体诗、七言古体诗、五言绝句、七言绝句、五言律诗、七言律诗，可谓流派纷呈。

在这个疆域空前、风气开放的朝代，我们可以充分感受到"诗"

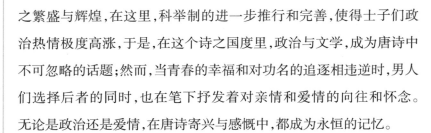

之繁盛与辉煌，在这里，科举制的进一步推行和完善，使得士子们政治热情极度高涨，于是，在这个诗之国度里，政治与文学，成为唐诗中不可忽略的话题；然而，当青春的幸福和对功名的追逐相违逆时，男人们选择后者的同时，也在笔下抒发着对亲情和爱情的向往和怀念。无论是政治还是爱情，在唐诗寄兴与感慨中，都成为永恒的记忆。

在万象更新的初唐，透过《春江花月夜》，欣赏"江天一色无纤尘，皎皎空中孤月轮"的静谧，热爱"大美不言"的自然，思考代代流转生生不息人生，体味着哀而不伤的淡淡惆怅。

在恢宏壮阔的盛唐，跟随高蹈长空的诗仙、执着大地的诗圣和超然尘外的诗佛，去欣赏万世敬仰的盛唐气象：在李白的文字里我读到了山河锦绣，读到了豪放飘逸；在杜甫的文字里我读出了人情练达，读出了世事沧桑；在王维的辋川别墅里，我见到了纷纷开且落的木末芙蓉花。

在百舸争流的中唐，在这里，有元白的平易，也有韩孟的险怪。在白居易的浔阳江头，我看到了同是天涯沦落人的曾相识；在《长恨歌》的故事里，我体会"天长地久有时尽，此恨绵绵无绝期"的遗憾，学会"知人论世，以意逆志"，感悟诗歌婉转动人、缠绵悱恻的艺术魅力。

在夕阳西下的晚唐，在李商隐《无题》的咏叹中，我看到了成为追忆的此情，看到了已经惘然的当时；在李商隐《无题》的哀婉中，我细味着"心有灵犀一点通"的情思，品读着伤时伤事又伤心的时代哀音。

这就是大唐王朝，这就是壮哉唐诗！

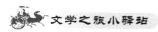

春江潮水连海平，海上明月共潮生。

滟滟随波千万里，何处春江无月明。

江流宛转绕芳甸，月照花林皆似霰。

空里流霜不觉飞，汀上白沙看不见。

江天一色无纤尘，皎皎空中孤月轮。

江畔何人初见月，江月何年初照人。

人生代代无穷已，江月年年只相似。

不知江月待何人，但见长江送流水。

白云一片去悠悠，青枫浦上不胜愁。

谁家今夜扁舟子，何处相思明月楼？

可怜楼上月徘徊，应照离人妆镜台。

玉户帘中卷不去，捣衣砧上拂还来。

此时相望不相闻，愿逐月华流照君。

鸿雁长飞光不度，鱼龙潜跃水成文。

昨夜闲潭梦落花，可怜春半不还家。

江水流春去欲尽，江潭落月复西斜。

斜月沉沉藏海雾，碣石潇湘无限路。

不知乘月几人归，落月摇情满江树。

——张若虚《春江花月夜》

 文学之旅小贴士

　　张若虚,生卒年不详,扬州(今属江苏)人,唐代诗人。与贺知章、张旭、包融并称为"吴中四士"。《全唐诗》仅存其《春江花月夜》与《代答闺梦还》2首诗。

　　《春江花月夜》为乐府旧题,属于"清商曲辞·吴声歌曲"。宋代郭茂倩《乐府诗集》卷四十七"清商曲辞·吴声歌曲"收录《春江花月夜》同题7首,其中隋炀帝2首、诸葛颖1首、张子容2首、张若虚1首、温庭筠1首。

　　张若虚的《春江花月夜》以清新优美的笔调,描绘了一幅空灵曼妙的春江月夜图,表达了对人生哲理的感悟和追求,有"孤篇盖全唐"之誉。

张若虚《春江花月夜》：诗情优美　哀而不伤

张若虚的《春江花月夜》，在明代之后的文学评价史上享有盛誉，近代闻一多先生更是称赞这首诗为"诗中的诗，顶峰上的顶峰，孤篇压全唐"。一生仅留下两首诗的张若虚，也因为这首诗被誉为"孤篇横绝，竟为大家"。现在我们跟随历史的脚步一起欣赏这首伟大的作品。

《春江花月夜》属于乐府旧题，很多人都写过，如陈后主（陈叔宝）、隋炀帝、诸葛颖、张子容、温庭筠等，然而，现在提及《春江花月夜》，人们只记得张若虚的这一首。

张若虚的《春江花月夜》诗情优美，从诗题中的春、江、花、月、夜五种意象，我们已看到了人间绝美的五幅图景：春之卷、江之画、花之容、月之貌、夜之景。然而，五个意象并非平分秋色，而是有主有次，整首诗以"月"为中心意象，描绘了一幅春江月夜图。品味《春江花月夜》，我们还是从诗题出发，将这五种意象在文学史上所代表的象征含义以及在本篇中的含义一一解读，进而领略《春江花月夜》的优美诗情。

春，在我们的印象中是生机、希望和美好的象征，在古典文学中,它却属于一个感伤的意象,文学史上历来"伤春悲秋"一脉相承。文学作品中伤春的诗词很多:"林花谢了春红太匆匆""流水落花春去也",这是文人伤春;"忽见陌头杨柳色,悔教夫婿觅封侯",这是思妇伤春。在我们看来如此美好的季节,为什么文人会有那么多感伤呢?因为春是美好易逝的季节,看到自然界的春天,文人会想到自己的青春时光如春天一样美好易逝,无从把握。于是,面对春天,文人会想到自己青春逝去而功业未成,半世蹉跎,感伤的情绪就溢于笔端。在《春江花月夜》里,"春"出现四次,两次和"江"相连、一次"春半"、一次"春去",流逝的春光,春已去,人未归,依然是感伤的情调。

江,在古代汉语中属于专有名词,指长江。滚滚长江东逝水,长江东流,不仅是空间概念,更是时间的概念。3000多年前,孔子曾经面对江水奔流发出"逝者如斯夫,不舍昼夜"的感慨,时间的流逝,如同这奔流的江水一样。故而,在古典文学中,"江"是一个永恒流动的意象,无论是帝王将相还是凡夫俗子,都会在滚滚流逝的历史长河中归于尘土。在《春江花月夜》里,"江"出现十一次,其出现频率仅次于"月",江水的流逝,隐喻着时光的流逝,江水流送着春天,也流送着游子思妇的青春和幸福。

花,是春天的使者,我们想到这个词时,脑海中总会浮现出美丽的图景,或含苞待放,或怒放枝头。虽然林黛玉曾经感慨"花开易见落难寻",然而纵观中国古典文学史,我们却看到一种落英缤纷的现象。古典文学中,写花开的诗词较少,写花落的诗词却很多。满地

一场『穿越』的文学之旅

飘零的落花中,我们看到的是春光不再的感伤。于是,面对落花,我们又回到了"伤春"这个主题上。在对落花的吟咏中,我们看到的是岁月流转、青春逝去、红颜易老、美人迟暮的伤感。在《春江花月夜》里,"花"出现两次,一次为月下花林,一次为梦中落花。月夜春江,花林无限。而第二次就以落花的图景出现在女主人公的梦中。昨夜梦中,花落进幽幽的潭水之中,无声无息。这个梦境,是女主人公今夜烦闷不安的原因所在,同时也折射出女主人公的心境。"闲潭"象征着女主人公坐如枯井般没有一丝波澜的生活,美丽的花瓣落进寂静的闲潭之中,象征着女主人公的青春容颜在漫长的守望之中渐渐消逝,无声无息。梦中的刹那,折射出女主人公漫长守望的苍凉以及坐愁红颜老的哀伤。

月,有诸多的象征意义。月是美好的象征,"千里共婵娟"里,以"婵娟"喻月;月是永恒的象征,"今月曾经照古人",月永恒存在;月是失意的象征,相比于太阳的万众瞩目,月只属于清冷的夜空,引发诸多失意文人的共鸣,"我歌月徘徊,我舞影凌乱",月下独酌的诗人与月惺惺相惜;月是相思的载体,寄托人间相思情感、故园之思,"海上生明月,天涯共此时""露从今夜白,月是故乡明""今夜鄜州月,闺中只独看"等诗句,寄寓了众多游子的乡愁和思念。自古以来,月一直是文人墨客笔下吟咏的对象,是个永恒的主题,其中倾注了他们的爱恨情愁,寄托了他们的悲欢离合,展示了他们的坎坷历程。在《春江花月夜》里,"月"出现十五次,是名副其实的主角。诗歌开篇"春江潮水连海平,海上明月共潮生"将"月"这一主要意象抛出,以下所有画面的情感都是在这一轮明月照耀中发生的。而且，这一轮月并非静止的，整篇之中，月经历了初升、高照、西斜、落下的过程，从结构上而言，这轮月就像是一条线索，将整首诗中的大小珠玉穿成了一条晶莹的项链。在"江畔何人初见月，江月何年初照人"的思考中，月既是永恒，又是美好。在"谁家今夜扁舟子，何处相思明月楼"的相思中，月既是载体，也是见证者。

在古典诗词中，相对于白天的热闹与繁华，夜是寂静的、寂寞的，甚而是孤独的，"漏断人初静"的夜晚，徘徊的文人在寂静的环境中思索着，也许有"寂寞沙洲冷"的感慨，也许有"忧思独伤怀"的境遇。总之，在古典文学中，"夜"是一个凄清而又略带感伤的意象。在《春江花月夜》里，"夜"仅仅出现一次，而且还是"昨夜"，只留给我们一个孤独模糊的背影。

关于《春江花月夜》的感情基调，闻一多先生在《宫体诗的自赎》一文中如是说："在神奇的永恒前面，作者只有错愕，没有憧憬，没有悲伤。"针对这一观点，李泽厚先生在《美的历程》一书中提出了不同意见："这首诗是有憧憬和悲伤的，但它是一种少年时代的憧憬和悲伤。……尽管悲伤，仍感轻快，虽然叹息，总是轻盈。"我同意李泽厚先生的观点，《春江花月夜》里是有憧憬和悲伤的，而这种憧憬和悲伤是属于少年的一声轻盈叹息，也就是儒家所说的"哀而不伤"。

"哀而不伤"出自《论语·八佾》。在儒家的评价体系里，"乐而不淫，哀而不伤"符合中和之美。其实，在这里，"哀"和"伤"属于两个层面，哀是表面，面露哀容；伤则是内在，损害身心。

在我看来,《春江花月夜》的感情基调是符合儒家中和之美的,读来只觉淡淡的哀愁弥漫其间。虽有游子思妇的别离之情,却依然在"不知乘月几人归"的憧憬中满怀希望,没有颓废,没有绝望。

《春江花月夜》的"哀而不伤"大致体现在三个方面,试梳理如下。

其一,春江花月夜的美景映衬。作者开篇没有写思考,没有写别离,而是为我们塑造出一幅纯美的春江花月夜图景。在美好背景的映衬之下,人生短暂的思考之痛和游子思妇的别离之苦都蒙上一层柔美的色彩,以美景衬哀情,我们读到的只是淡淡的哀愁。换言之,如果我们把这份苦痛置于秋风秋雨夜,在凄苦的环境中思考和思念都会变得撕心裂肺,哀伤深沉。故而,大背景非常重要。作者将游子思妇的离别愁思放在春江花月夜的美好背景之下展开,在美景的映衬下,离别愁思只是一种淡淡的情怀。

其二,宇宙与人生的哲理思考。张若虚在春江花月夜纯美的环境之中,面对江月永恒人生短暂,张若虚发出"江畔何人初见月,江月何年初照人"的疑问,这一问,包含了深沉的哲学思考。当然,张若虚没有找到答案,淡淡的哀愁萦绕心间,但他却在宇宙永恒人生短暂的思考中看到一个现象"人生代代无穷已,江月年年只相似",虽然人生短暂江月永恒,最早见到月亮的那个人早已逝去,但作为一个生物群体,人生,一代代没有穷尽。在这里,我们看到生生不息的希望,我们看到了代代流转的生机。

其三,万象更新的初唐之音。张若虚的《春江花月夜》用的是乐

府旧题,写的是古典文学中屡见不鲜的游子思妇主题,但却焕发出永恒的艺术魅力。在这首诗里,伤春的情绪里饱含着对年华、青春的珍惜与热爱,"此时相望不相闻,愿逐月华流照君"的思妇,在红颜易老的恐慌中没有自暴自弃,没有颓废绝望,而是在岁月流转的苍凉守望中满怀希望地等待着游子的归来,"不知乘月几人归,落月摇情满江树",也许,今夜依然等不来归人,然而,伴随着落月,一缕相思之情摇落在江边的树上,摇落在思妇的心上,也摇落在读者的心上。这一点,也是有赖于《春江花月夜》产生于初唐这一时代背景。若是在"伤时伤事又伤心"的晚唐,这首诗中的苦与痛绝不会是这么云淡风轻的感觉,而是不仅"哀"而且"伤"。

综上,《春江花月夜》通过对春江花月夜美景的描绘,在宇宙人生的思考中,将游子思妇的相思之情无限扩大,宛如一幅淡雅的水墨画,清幽蕴藉,诗情优美,哀而不伤。诗中浓浓的离别相思之情,在春江花月夜美景的映衬之下,化为淡淡的哀愁。这种哀愁中透露出一份迷惘、空蒙的情怀,如一缕轻梦飘过,却又始终萦绕心头的感觉,是初唐文学中难得一见的佳品。

文学之旅小驿站

酒入豪肠

七分酿成月光

余下三分啸成剑气

绣口一吐

就半个盛唐

——余光中《寻李白》节选

文学之旅小贴士

　　李白(701—762),字太白,号青莲居士。自称祖籍陇西成纪(今甘肃静宁西南),出生于碎叶城(唐时属安西都护府,在今吉尔吉斯斯坦境内),5岁时,其家迁居绵州昌隆(今四川江油)。李白25岁出蜀漫游,天宝元年(742)奉诏入京,供奉翰林。三年后被赐金放还。安史之乱时入永王李璘幕府,后受牵累,被系浔阳狱后流放夜郎,途中遇赦。宝应元年(762)病逝于当涂县令李阳冰处。

　　李白是中国文学史上伟大的浪漫主义诗人,被称为"诗仙",与杜甫并称"李杜"。李白诗歌追求清新自然的艺术境界,"清水出芙蓉,天然去雕饰",风格豪放飘逸,想象丰富,大胆夸张,代表着中国古典诗歌发展的最高峰。

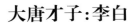

大唐才子：李白

盛唐，最典型的代表人物就是李白。李白，可以说是中国知名度最高的诗人，从牙牙学语的孩子到耄耋之年的老人，都熟知这个名字。现在我们跟随历史的脚步去认识这位大唐才子。

从小到大，我们张口即来的诗句多是出自李白的作品，如"床前明月光，疑是地上霜""危楼高百尺，手可摘星辰""举杯邀明月，对影成三人""白发三千丈，缘愁似个长""郎骑竹马来，绕床弄青梅""小时不识月，呼作白玉盘""飞流直下三千尺，疑是银河落九天""天生我材必有用，千金散尽还复来"等。

李白，在他生活的年代，是一个传说般的存在，他有太多非凡的经历。他自称"谪仙""酒仙"，他曾以布衣的身份被皇帝召见，皇帝见到他，如同见到珍宝，亲自下辇车步迎、"御手调羹"，待遇规格很高。李白曾待诏翰林院，在皇帝身边待了三年，见证了大唐盛世的巅峰。李白又曾自请还山，皇帝赐金遣之，他随后漫游名山大川。

如果没有安史之乱，李白可能会漫游终老，在名山大川间挥洒豪情，在松间林下徜徉岁月。然而安史之乱爆发了，李白有儒家的情怀，国家有难，匹夫有责，于是，李白应永王李璘之请，乱中投军，想报效国家。可惜的是,李白投错了,永王李璘以平叛为名趁机作乱,后来被唐肃宗剿灭,李白也受牵连,被流放夜郎。两年之后,即乾元二年(759),朝廷因关中大旱,大赦天下,李白才得自由,他从长江顺流而下,写下了著名的《早发白帝城》:

> 朝辞白帝彩云间,千里江陵一日还。
>
> 两岸猿声啼不住,轻舟已过万重山。

了解了这首诗的背景,我们就可以看出李白当时写这首诗的心情,遇赦生还,文字间可以看到李白轻快的脚步、豁达的心境。

三年之后,李白病逝于当涂县令李阳冰家。关于李白的死,民间还有一个富有浪漫色彩的传说——逐月而死,说李白在当涂,一日在江山饮酒,看到江中的月影,意欲逐之,落水而亡。人们无法接受一个飘飘欲仙的诗人病死这样残酷的事实,于是,为李白演绎出一个浪漫的死法。

李白的诗歌是盛唐气象的代表,李白在一定意义上就是大唐盛世的代表。

"李白斗酒诗百篇,长安市上酒家眠。天子呼来不上船,自称臣是酒中仙。"

大唐才子李白,斗酒诗百篇,是盛唐气象的书写者。他留下的近千首作品既书写了盛唐欣欣向荣的景象,也记录了繁华背后的危机和危机爆发之后的苦难。

大唐才子李白,生逢盛世,是盛世繁华的亲历者。"我君混区宇,

垂拱众流安""万户垂杨里,君家阿那边",国运强盛,国泰民安,盛世
的图景尽收笔下。

大唐才子李白,游历南北,是锦绣山河的见证者。"庐山秀出南
斗傍,屏风九叠云锦张""黄河落天走东海,万里写入胸怀间",山川
秀美,江河万里,山河的锦绣俱在胸臆之间。

大唐才子李白,漂泊游历,是身在异乡的他乡人。"浮云游子意,
落日故人情""仍怜长江水,万里送行舟",故人之情,游子之意,游子
的悲叹都在送别之际。

大唐才子李白,心怀天下,是黎庶苍生的悲悯者。"长安一片月,
万户捣衣声""田家秋作苦,邻女夜舂寒",流离之思,田家之苦,盛世
转衰之象都在苍凉的哀叹里。

大唐才子李白,行侠仗义,是仗剑行走的侠客。"十步杀一人,千
里不留行""事了拂衣去,深藏身与名",路见不平,拔刀相助,侠客的
功名就在仗剑去国的流年里。

大唐才子李白,举杯对月,是清风明月的收藏者:"明月出天山,
苍茫云海间""清风生虚空,明月见谈笑",清风自来,朗月在天,清风
明月的疏朗都在月下独酌的身影里。

大唐才子李白,豪饮千杯,是酒中之意的品味者。"古来圣贤皆
寂寞,唯有饮者留其名""唯愿当歌对酒时,月光长照金樽里",千金
散尽,会须一饮,饮者的寂寞与豪放都在举起的酒杯里。

他就是大唐才子——李白。

 **文学之旅小驿站**

妾发初覆额,折花门前剧。郎骑竹马来,绕床弄青梅。

同居长干里,两小无嫌猜。十四为君妇,羞颜未尝开。

低头向暗壁,千唤不一回。十五始展眉,愿同尘与灰。

常存抱柱信,岂上望夫台。十六君远行,瞿塘滟滪堆。

五月不可触,猿声天上哀。门前迟行迹,一一生绿苔。

苔深不能扫,落叶秋风早。八月蝴蝶黄,双飞西园草。

感此伤妾心,坐愁红颜老。早晚下三巴,预将书报家。

相迎不道远,直至长风沙。

——李白《长干行》(其一)

文学之旅小贴士

《长干行》,又作《长干曲》,属乐府《杂曲歌辞》曲名。宋代郭茂倩所著《乐府诗集·杂曲歌辞十二》有载。

长干,长干里,在金陵。古建康里巷名,借指南京,故址位于今南京市江宁区秣陵街道。宋代王象之《舆地纪胜》卷十七中载:"长干是秣陵县东里巷名,江东谓山陇之间曰干。"当年系船民集居之地,故《长干曲》多抒发船家女子的感情。

李白有《长干行》二首,通过商妇的独白自述,展现了她的生活阶段、情感变化以及对理想生活的追求和向往。

《长干行》:盛唐的思妇

现在我们跟随历史的脚步,去认识李白笔下那个属于盛唐的思妇。游子思妇,是中国文学中不可忽略的名词。思妇的形象,我们毫不陌生。比如:"自伯之东,首如飞蓬。岂无膏沐,谁适为容",是无心梳妆打扮的思妇;"思君令人老,岁月忽已晚。弃捐勿复道,努力加餐饭",是消瘦憔悴的思妇;"出户独彷徨,愁思当告谁!引领还入房,泪下沾裳衣",是忧思涕泣的思妇;"忽见陌头杨柳色,悔教夫婿觅封侯",是闺中幽怨的思妇。

《长干行》,乐府旧题,出于《清商西曲》。李白的《长干行》以商妇口吻抒写对外出经商丈夫的思念,全诗运用第一人称,细腻生动。

这首诗用倒叙的手法,开篇以女子的第一人称"妾"来追忆童年。"妾发初覆额",这里其实交代的是女子的年龄,头发刚刚盖住额头,在我看来,这里的女子应该是五六岁的光景。这一推测可以从下文男主人公的年龄上得到验证,"郎骑竹马来",一个小男孩骑着一根竹竿当作马,哐当哐当跑过来,这个男孩应该不超过6岁。《抱母吟》云:"嘤嘤稚儿,发初覆额。食母之乳,因母喜乐。桀桀童子,骑竹高歌。母唤归家,厌母苛责。"可以作为参照。《蒋勋说唐诗》里将这个女孩的年龄界定在 10~12 岁，有失偏颇。这个年龄，在古代已经不属于童年了，林黛玉进贾府的时候 12 岁，再看看那时候同龄的贾宝玉，应不会是"骑竹马"这么幼稚了。

女主人公的出场是带有静态美的画面——"折花门前剧"，而男主人公出场则完全是动态的画面——"郎骑竹马来，绕床弄青梅"，骑着竹马出场的小男孩，绕着井架玩着青涩的梅子。"青梅竹马"与男女主人公青涩的童年相映成趣。两个一起玩耍的孩子一起长大，却从无嫌隙，"两小无嫌猜"，感情较好。也许与童年的玩伴有些不愉快的争吵，然而此刻在回忆里只剩下甜蜜和美好。

一对青梅竹马的孩子长大之后喜结连理，"十四为君妇"，初为人妇的女子"羞颜未尝开"，带有几分娇羞，"低头向暗壁，千唤不一回"，虽则夸张，却把初婚的羞涩形象地写出来了。"十五始展眉，愿同尘与灰"，婚后一年，女子才褪去羞怯，此时的她愿与他生死相随，至死不渝。"愿同尘与灰"即为此意，愿意与他一起化尘成灰。《蒋勋说唐诗》里将这句话解释为"发愿两个人之间的关系就像灰与尘一样，卑微、平凡，但只要在一起，都没有关系"。我觉得，这个解释过于字面化了。从下文"常存抱柱信"可以看出，女子对丈夫常常存有坚定不移的信念，有着矢志不渝的情感。

"抱柱信""望夫台"是两个典故，女子用抱柱之信来表明自己的坚贞不渝，同时也表明相守的爱人从未想过分离，"岂上望夫台"。然而，婚后第三年，丈夫远行经商，此时的她在丈夫出门的一刹那变为思妇，之前只关注夫君的她此刻才发觉"瞿塘滟滪堆"，瞿塘峡的大礁石因为五月涨水而没于水中，船行易触礁而沉。从这时开始，女子的生活因思念而变得冗长，"五月""八月"，比起刚刚以年纪事，现在开始以月为纪。八月双飞的蝴蝶，更加反衬自己的孤单。于是，女子开始感伤："感此伤妾心，坐愁红颜老"。对于"坐愁红颜老"，《蒋勋说唐诗》将其解释为"坐在这里发愁，自己的红颜就如此老去"，这个解释让人啼笑皆非。"坐愁"并非"坐在这里发愁"。"坐"，此处应解释为"因为、由于"，杜牧的《山行》中有一句"停车坐爱枫林晚"即为此意，《陌上桑》里也有一句"但坐观罗敷"，也是这个意思。"坐愁红颜老"意为因为红颜将老而发愁。古诗词中思妇常常会有"坐愁红颜老"的哀伤。

　　思及至此，一般的思妇都会陷入深深的哀愁无法自拔，或者进而成为"怨妇"，但这是浪漫主义诗人李白笔下的思妇，她的哀愁仅限于此。她是一个充满希望的思妇，她告诉自己，也是在告诉丈夫，"早晚下三巴，预将书报家"，如果有一天，你要回来，请一定要提前写封书信回家，那么，我将"相迎不道远，直至长风沙"。

　　故而，从《长干行》中对于思妇的描写，我们可以看出，李白笔下的思妇有一种爽朗的美、一种活泼的美，她不拖泥带水，她不自怨自艾。这是李白性格中的浪漫与乐观，这是盛唐气象中的昂扬与大气。

文学之旅小驿站

至于子美，盖所谓上薄风骚，下该沈宋，言夺苏李，气吞曹刘，掩颜谢之孤高，杂徐庾之流丽，尽得古今之体势，而兼人人之所独专矣。使仲尼锻其旨要，尚不知贵，其多乎哉。苟以其能所不能，无可无不可，则诗人以来，未有如子美者。

——元稹《唐故工部员外郎杜君墓系铭并序》节选

文学之旅小贴士

杜甫（712—770），字子美，河南巩县（今河南省巩义市）人。曾因居于长安城南少陵附近，自号少陵野老，世称"杜少陵"。青年时期，杜甫裘马轻狂漫游齐赵吴越，35岁在长安求仕，困守长安十年。安史之乱时经受乱离，被叛军俘虏，后逃脱，奔赴凤翔肃宗行在，被任命为左拾遗，世称"杜拾遗"。不久贬华州司功参军，后弃官入蜀，被严武表为节度参谋检校工部员外郎，世称"杜工部"。严武卒后，杜甫举家出蜀，大历五年（770）病死在湘水上。

杜甫是唐代伟大的现实主义诗人，其诗歌风格沉郁顿挫，被称为"诗史"。

大唐诗圣：杜甫

盛唐与中唐之交，我们在历史的缝隙中寻找一位伟大的诗人——杜甫。

对于杜甫，我总能想到"少年老成"这个词。在我的印象中，杜甫就是一个板着面孔、眉头紧锁的诗人，他心怀天下，心忧苍生，他是一个忧国忧民的诗人——"安得广厦千万间，大庇天下寒士俱欢颜，风雨不动安如山。呜呼！何时眼前突兀见此屋？吾庐独破受冻死亦足！"

杜甫被后世称为"诗圣"。宋代以后，杜诗受到广泛推崇，王安石、苏轼、黄庭坚、陆游等人都对杜甫推崇倍至，江西诗派更是把杜甫标榜为"祖"，一首一首地去模仿杜甫的诗作。在宋代，学杜诗、注杜诗、研究杜诗成为一种风尚，从而形成了"千家注杜"的局面。

杜甫与李白并称李杜，但在李白生活的年代里，杜甫就是一个典型的"倒霉孩子"。

杜甫从35岁起就在长安，参加科考、求职，无奈科考失败，困守长安10年时间，直到天宝十四年（755）十月，44岁的杜甫才被任命为河西尉，后改右卫率府曹参军。然而，当年十一月大唐就发生安史之乱,次年六月长安陷落,大唐政府西迁,玄宗避难蜀中,七月,太子李亨于灵武即位,是为唐肃宗。这时已举家迁到鄜州羌村避难的杜甫,听闻肃宗即位,八月就只身北上灵武,欲投奔肃宗,却在途中不幸被安史叛军俘虏,押至长安。杜甫因为官位太小,没有被关押。至德二年(757)四月,杜甫冒险从城西金光门逃出长安,穿过两军的对阵,颠沛流离,逃到凤翔(今陕西宝鸡)投奔肃宗。肃宗任命杜甫为左拾遗,然而不幸的是,不久房琯兵败(房琯之事比较复杂,此处不再赘述),左拾遗杜甫"食君之俸,担君之忧",上疏营救房琯,触怒肃宗,被贬为华州司功参军,次年七月,杜甫弃官,先往秦州(甘肃天水),十二月又往成都。当时,杜甫的好朋友严武镇蜀,严武帮助杜甫在城西浣花溪畔,建成了一座草堂,世称"杜甫草堂",也称"浣花草堂",之后又漂泊了近五年。广德二年(764)春,严武又保举杜甫为检校工部员外郎(后人因此称其为杜工部),然而倒霉的是,广德三年(765)四月,严武突然逝世,杜甫又一次失去依靠,生活无着。之后,杜甫到夔州住了近两年,写了很多诗。思乡心切的杜甫57岁乘船出峡,想回家乡。59岁冬天,于潭州到岳阳的船上逝世。

从某种意义上说,安史之乱成就了杜甫,杜甫成就最高的纪实作品大都写于这个时期,如果没有"安史之乱",杜甫可能就是一个"奉儒守官"的小诗人。

杜甫诗歌成就最高的是他的律诗,尤其是七律,格律谨严,历来被追捧。犹记得自己上大学时,《古代汉语》"诗律"中,例诗基本都是杜甫的律诗;研究生入学考试的试卷中要求标平仄的那首也是杜甫的律诗。

杜甫的诗歌风格沉郁顿挫——沉郁是内容,顿挫是形式。沉郁顿挫诗风的形成与安史之乱中杜甫的遭遇有关,当然也跟杜甫的性格有关。安史之乱中,杜甫穷困愁苦,颠沛流离,亲历乱离,同时杜甫又受儒家思想影响,中和节制,各种苦难在他心底沉淀郁积,最终在低徊抑制中起伏顿挫。

他用忧国忧民的目光,记录了大唐社会由盛世繁华转衰的历史巨变,悲天悯人,感时伤事,社会动荡的记忆在他"国破山河在,城春草木深"的叹息里,政治黑暗的状况在他"朱门酒肉臭,路有冻死骨"的愤慨里,人民流离的疾苦在他"存者无消息,死者为尘泥"的感叹里。

当然,也会有不喜欢杜甫诗的,比如宋代的杨亿就不喜欢杜甫,刘攽《中山诗话》记载:"杨大年不喜杜工部诗,谓为村夫子。"不管在人们眼中的杜甫如何,杜甫都通过自己的诗篇成就了"诗圣"的地位,他写实的诗作也被称为"诗史"。

其实,作为"诗史",杜甫的诗篇不仅记录了安史之乱时期的现实,如果我们细细分析杜甫的诗篇,就会发现他的诗作可以说是整个大唐社会历史的真实再现。

杜甫早年读书与漫游时期的诗篇,是充满激情、昂扬向上的青春歌唱,如"会当凌绝顶,一览众山小"的《望岳》,恰似初唐时的朝气蓬勃万象更新;杜甫长安十年时期的诗篇,是艰难困苦、玉汝于成的叹息,如《兵车行》《自京赴奉先县咏怀五百字》,正是盛唐气象之下的危机的写照;杜甫陷贼与为官时期的诗篇,如"三吏"、"三别"、《羌村三首》,正是安史之乱时期国家灾难的真实记录;杜甫漂泊西南时期的诗篇,是他历尽困难之后的晚秀之花,如《秋兴八首》《登高》等,正如晚唐时期带有一抹悲壮凄凉的黄昏夕阳。

有人说,少年读不懂杜甫,因为经历和阅历使然。诚如斯言,杜甫的诗是饱经苦难之后的心语,需要时间去沉淀。

不管我们现在能不能读懂,杜甫都是我国诗史上不容忽视的存在。杜甫作为现实主义诗人,和浪漫主义诗人李白一起,闪耀在大唐的夜空。

一场「穿越」的文学之旅

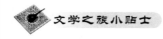 文学之旅小驿站

知章骑马似乘船,眼花落井水底眠。
汝阳三斗始朝天,道逢曲车口流涎,
恨不移封向酒泉。左相日兴费万钱,
饮如长鲸吸百川,衔杯乐圣称避贤。
宗之潇洒美少年,举觞白眼望青天,
皎如玉树临风前。苏晋长斋绣佛前,
醉中往往爱逃禅。李白一斗诗百篇,
长安市上酒家眠,天子呼来不上船,
自称臣是酒中仙。张旭三杯草圣传,
脱帽露顶王公前,挥毫落纸如云烟。
焦遂五斗方卓然,高谈雄辨惊四筵。

——杜甫《饮中八仙歌》

文学之旅小贴士

　　杜甫的《饮中八仙歌》是一首生动描绘唐朝八位著名酒仙的诗歌,最早作于唐玄宗天宝五载(746)四月之后,当时杜甫初至长安,与"酒中八仙人"有所交往,遂写下此诗。

　　诗中分别描绘了八位酒仙的醉态,分别为:贺知章、李琎、李适之、崔宗之、苏晋、李白、张旭、焦遂。通过生动的笔触展现了他们的醉态和性格,同时也反映了盛唐时代文人士大夫的精神风貌。

《饮中八仙歌》：酒中八仙 风神俱现

这首《饮中八仙歌》，是杜甫诗歌中我比较喜欢的一首，现在我们跟随历史的脚步去认识一下这"酒中八仙"。

《饮中八仙歌》写了当时八位嗜酒名士，即李白、贺知章、李适之、李琎、崔宗之、苏晋、张旭、焦遂，号称"饮中八仙"。这首诗不像杜甫其他诗歌沉郁顿挫的风格，反而幽默诙谐、生动有趣，严肃的杜甫终于开了一次玩笑，实属罕见。

《饮中八仙歌》中的八个人，出场顺序是有讲究的，贺知章年龄最大、资格最老，所以放在第一位，其他按官爵，从王公宰相一直到布衣。

贺知章，官至秘书监，年事最高，诗中写他喝醉酒之后，骑着马，就像乘船一样摇摇晃晃，左摇右摆，醉眼蒙眬，老眼昏花，掉进井里，然而竟然落井后就在井里宿眠，画面喜感十足，每次想到这句诗，我都忍不住笑出声来。

其次出场的人物是汝阳王李琎，他是唐玄宗最喜爱的侄子，宠极一时，诗中写他饮酒三斗才上朝拜见天子，但走在路上，看到运酒的曲车又忍不住流起口水来，竟然恨不得跑去跟皇帝说要把自己的封地迁到酒泉去。这场景,怎一个"馋"字了得呀!

接下来出场的是左丞相李适之,他常常宴享宾客,饮酒日费万钱,豪饮的状态如同长鲸吞吐百川之水,可见其豪奢。后来,李适之被李林甫排挤罢相,曾赋诗云:"避贤初罢相,乐圣且衔杯。为问门前客,今朝几个来?"杜甫诗中"衔杯乐圣称避贤"就是化用李适之的句子,"乐圣"就是喜欢喝清酒,"避贤"就是不喝浊酒,同时也有讽刺李林甫的排挤之意。李适之留给我印象最深的就是一个"豪"字。

之后出场的是两位名士,崔宗之和苏晋。

崔宗之,按照我们现在的话语,应该是一个高冷帅哥,风流倜傥,少年英俊。他睥睨万物,白眼向青天,比阮籍的白眼向人还要孤傲。喝酒之后,如同玉树临风,潇洒俊美。

苏晋,是一名佛教徒,一面参禅斋戒,一面醉里逃禅,像一个贪玩逃课的孩子,一面告诫自己要好好上课,一面又经不起诱惑逃课去玩。苏晋喜欢供奉弥勒佛,因为他觉得自己和弥勒佛一样都爱喝酒,"酒肉穿肠过,佛祖心中留"。诗中对苏晋用墨不多,但我们依然能清晰地看到苏晋贪杯嗜酒的情态。

李白,虽然是第六个出场的人物,但却是用字最多、着意最深的一位。杜甫写李白的醉酒,凸显了李白的才气和傲骨。斗酒百篇,才气横溢;醉酒之后,天子召见,不惧不畏,酒仙自居,豪气干云。杜甫字里行间都洋溢着对李白的崇拜。这里不得不提的还有一桩公案,那就是李杜友谊。文学史上大都如是描述李杜友谊:"天宝三载春,李白离开长安后,再度开始了他的漫游生活。在洛阳他遇见了杜甫,在扁舟又遇见高适,这三位诗人便一同畅游梁园(开封)、济南等地。李白和杜甫更结下了深厚的友谊。"(游国恩等《中国文学史》中册)在很多专家看来,李白和杜甫,两个伟大的诗人,在伟大的唐朝又有交集,定然会产生伟大的友谊。在我看来,其实不然。

李白、杜甫第一次相遇的时间是公元744年,这时候的李白已是名满天下,经历长安三年,皇帝礼遇,待诏翰林院,阅遍了盛世繁华,自请还山,玄宗赐金放还,漫游名山大川;而这时候的杜甫却是进士不第,游历四方,读万卷书,行万里路,裘马轻狂。一别之后,杜甫一而再,再而三地追忆李白,寄怀李白,杜甫的诗集中写给李白(写到李白)的诗作有十几首,如《赠李白》《冬日有怀李白》《春日忆李白》《梦李白二首》《天末怀李白》等,最长的一首是《寄李十二白二十韵》,绵绵思念,情真意切。而李白呢,只有四首提及杜甫,其中的《鲁郡东石门送杜二甫》《沙丘城下寄杜甫》还写于初别之际。

这时候在李白的眼中,杜甫就是一个热爱文学的上进青年;这时候在杜甫的眼中,李白就是一个超级火爆的偶像男神。在我看来,李白和杜甫,相当于偶像和粉丝之间的感情。

接下来出场的是书法家张旭,三杯酒后,张旭"草圣"的名气就显现出来,脱帽露顶,笔走龙蛇,传言张旭醉后以头发蘸墨,奋笔挥毫。诗句之中,张旭的狂放不羁,栩栩如生。

最后出场的人物是布衣焦遂。焦遂不善言辞,平时沉默寡言,然而五斗之后,卓然不群,高谈阔论,语惊四座。当然,这是对比的结果,若是平时善辩能言之士,即便酒后高谈雄辩也不能让人惊叹了。

　　《饮中八仙歌》写八个人的醉态各有特点,似乎是用人物速写的手法,生动形象地勾勒出八个酒仙。八个人物是同时代的人,又都在长安生活过,他们都有一个共同的特征,那就是醉态。但我们也可以看到,杜甫笔下的八个人物,描写都合乎各自身份特征,互不能换。比如写汝阳王李琎,有"恨不移封"的念头,其他人不是皇亲贵戚,根本就没有封地。所以,杜甫的写人,不是千人一面,而是按头制帽。

　　《饮中八仙歌》里的人物风貌形神必现,可以说很有特色。这首诗里没有沉郁顿挫的厚重,也没有忧国忧民的悲悯,却是一首别具一格的"肖像诗",向我们展示了杜甫诗歌的另一种风貌。

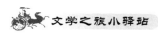

浔阳江头夜送客，枫叶荻花秋瑟瑟。

主人下马客在船，举酒欲饮无管弦。

醉不成欢惨将别，别时茫茫江浸月。

忽闻水上琵琶声，主人忘归客不发。

寻声暗问弹者谁？琵琶声停欲语迟。

移船相近邀相见，添酒回灯重开宴。

千呼万唤始出来，犹抱琵琶半遮面。

转轴拨弦三两声，未成曲调先有情。

弦弦掩抑声声思，似诉平生不得志。

低眉信手续续弹，说尽心中无限事。

轻拢慢捻抹复挑，初为《霓裳》后《六幺》。

大弦嘈嘈如急雨，小弦切切如私语。

嘈嘈切切错杂弹，大珠小珠落玉盘。

间关莺语花底滑，幽咽泉流冰下难。

冰泉冷涩弦凝绝，凝绝不通声暂歇。

别有幽愁暗恨生，此时无声胜有声。

银瓶乍破水浆迸，铁骑突出刀枪鸣。

曲终收拨当心画，四弦一声如裂帛。

东船西舫悄无言，唯见江心秋月白。

沉吟放拨插弦中，整顿衣裳起敛容。

自言本是京城女，家在虾蟆陵下住。

十三学得琵琶成，名属教坊第一部。

曲罢曾教善才服，妆成每被秋娘妒。

五陵年少争缠头，一曲红绡不知数。

钿头银篦击节碎，血色罗裙翻酒污。

今年欢笑复明年，秋月春风等闲度。

弟走从军阿姨死，暮去朝来颜色故。

门前冷落鞍马稀，老大嫁作商人妇。

商人重利轻别离，前月浮梁买茶去。

去来江口守空船，绕船月明江水寒。

夜深忽梦少年事，梦啼妆泪红阑干。

我闻琵琶已叹息，又闻此语重唧唧。

同是天涯沦落人，相逢何必曾相识！

我从去年辞帝京，谪居卧病浔阳城。

浔阳地僻无音乐，终岁不闻丝竹声。

住近湓江地低湿，黄芦苦竹绕宅生。

其间旦暮闻何物？杜鹃啼血猿哀鸣。

春江花朝秋月夜，往往取酒还独倾。

岂无山歌与村笛，呕哑嘲哳难为听。

今夜闻君琵琶语，如听仙乐耳暂明。

莫辞更坐弹一曲，为君翻作《琵琶行》。

感我此言良久立，却坐促弦弦转急。

凄凄不似向前声,满座重闻皆掩泣。

座中泣下谁最多? 江州司马青衫湿。

——白居易《琵琶行》

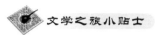 文学之旅小贴士

白居易(772—846),字乐天,晚号香山居士、醉吟先生,祖籍太原(今山西太原西南),其曾祖父时迁居下邽(今陕西渭南北),白居易生于今河南新郑。白居易是唐代伟大的现实主义诗人,与元稹共同倡导新乐府运动,主张"文章合为时而著,歌诗合为事而作",后人将二人合称"元白"。

白居易的诗分为讽喻、感伤、闲适、杂律四大类,诗风浅切平易、通俗易懂,有"诗魔""诗王"之称。有《白氏长庆集》,代表诗作有《长恨歌》《卖炭翁》《琵琶行》等。

《琵琶行》作于唐宪宗元和十一年(816)秋天,通过生动的叙述和深刻的情感表达,展现了诗人对琵琶女的深切同情和对自己被贬的愤懑之情。同时,该诗也体现了白居易诗歌的艺术特色和深刻内涵,具有很高的文学价值和历史意义。

白居易《琵琶行》：同是天涯沦落人

现在我们一起跟随历史的脚步，到浔阳江头和白居易一起去听一曲琵琶，见证那段天涯沦落人的相似经历。

这首长篇叙事诗还有一个小序，序云：

元和十年，予左迁九江郡司马。明年秋，送客湓浦口，闻舟中夜弹琵琶者，听其音，铮铮然有京都声。问其人，本长安倡女，尝学琵琶于穆、曹二善才，年长色衰，委身为贾人妇。遂命酒，使快弹数曲。曲罢悯然，自叙少小时欢乐事，今漂沦憔悴，转徙于江湖间。予出官二年，恬然自安，感斯人言，是夕始觉有迁谪意。因为长句，歌以赠之，凡六百一十六言，命曰《琵琶行》。

这篇小序中明确点名了《琵琶行》写作的前因后果，白居易贬谪九江司马的第二年秋十月在浔阳江头送别客人，偶闻夜弹琵琶声，听这乐声有京都之味，见弹琵琶者乃是一位商人妇，曾为长安倡女。白居易听其乐曲，闻其经历，遂有天涯沦落之感、同病相怜之意。于是，写了这首《琵琶行》赠予琵琶女。

诗中用了大量篇幅描写琵琶演奏的场面,除了"轻拢慢捻抹复挑"的弹奏,印象最为深刻的还有"大弦嘈嘈如急雨,小弦切切如私语。嘈嘈切切错杂弹,大珠小珠落玉盘"的琵琶声。

对于这琵琶女的身份,宋代洪迈在《容斋五笔》中曾有质疑:

> 白乐天《琵琶行》一篇,读者但美其风致,敬其词章,至形于乐府,咏歌之不足,遂以谓真为长安故倡所作。予窃疑之。唐世法纲虽于此为宽,然乐天曾居禁密,且谪居未久,必不肯乘夜入独处妇人船中,相从饮酒;至于极弹丝之乐,中夕方去。岂不虞商人者它日议其后乎? 乐天之意,直欲摅写天涯沦落之恨尔。

洪迈质疑白居易谪居之时夜晚与妇人船中独处、饮酒纵乐,似乎不合其身份,与当时法纲也不相符。洪迈的结论是白居易在诗篇中设置琵琶女身份借以表达天涯沦落之恨。

在我看来,不管这长安倡女身份是否属实,《琵琶行》中所表达的"相逢何必曾相识,同是天涯沦落人"的失路之悲淋漓尽致。

知人论世,我们在读《琵琶行》的同时,还需要了解的是白居易贬谪江州司马的历史背景。

导致白居易贬谪的直接事件,是震惊大唐朝野的元和十年(815)六月三日清晨宰相武元衡被刺一案。《旧唐书·武元衡传》详细记载了该事件:

元衡宅在静安里，九(按应作十)年六月三日，将朝，出里东门，有暗中叱使灭烛者，导骑诃之，贼射之，中肩。又有匿树阴突出者，以梃击元衡左股。其徒驭已为贼所格奔逸，贼乃持元衡马，东南行十余步害之，批其颅骨怀去。及众呼偕至，持火照之，见元衡已踣于血中，即元衡宅东北隅墙之外。时夜漏未尽，陌上多朝骑及行人，铺卒连呼十余里，皆云贼杀宰相，声达朝堂，百官恟恟，未知死者谁也。须臾，元衡马走至，遇人始辨之。既明，仗至紫宸门，有司以元衡遇害闻。上震惊，却朝而坐延英，召见宰相。愍恸者久之，为之再不食。册赠司徒，赠赙布帛五百匹、粟四百硕，辍朝五日，谥曰忠愍。

当朝宰相，在天子脚下的长安城，于上朝的路上被残忍刺杀，头颅被割去。刑部侍郎裴度也被重伤。一时之间，朝野震惊。时任太子左赞善大夫的白居易作为武元衡的同僚，也是诗友，悲愤难当，首先上书言事，主张"急请捕贼，以雪国耻"，然而，按照规制，这是言官之责，白居易"越职言事"，被贬谪江州刺史，又因中书舍人王涯上疏"不宜治郡"，被贬为江州司马。

《新唐书·白居易传》中记述了白居易被贬的整个过程：

是时，盗杀武元衡，京都震扰。居易首上疏，请亟捕贼，刷朝廷耻，以必得为期。宰相嫌其出位，不悦。俄有言："居易母堕井死，而居易赋《新井篇》，言浮华，无实行，不可用。"出为州刺史。中书舍人王涯上言不宜治郡，追贬江州司马。

白居易被贬江州,武元衡被刺案的越职言事只是一个导火索,此案背后是藩镇割据的痼疾,越职言事的背后是白居易讽喻美刺的祸端。

琵琶女的失意与沦落是身世使然,也是命运使然。

白居易的失意与沦落是时代使然,也是性格使然。

对于琵琶女而言,年长色衰,嫁为商人妇,这失意与沦落是一生命运的终结。对于白居易而言,这失意只是一段经历,四年之后的白居易转任主客郎中、知制诰。821年加朝散大夫,转上柱国,又转中书舍人。822年为杭州刺史,824年任太子左庶子分司东都,825年为苏州刺史,827年至长安任秘书监,828年转任刑部侍郎,封晋阳县男。

白居易被贬江州司马这段失意的经历也是其人生的一个分水岭,在此之前的白居易一直是志得意满的少年进士,有兼济天下的梦想;之后的白居易"胸中消尽是非心",思想上倾向于佛老,转而是独善其身的消沉。这消沉,不仅仅是白居易自己人生的悲哀,更是那个时代的悲哀,任何人都不能超越自己的时代而存在,白居易也不例外。

所幸,这经历也成就了白居易现实主义的诗风,白居易用自己的诗补察时政、泄导人情,倡导并践行着元白诗派"文章合为时而著,歌诗合为事而作"的新乐府创作主张。

汉皇重色思倾国，御宇多年求不得。

杨家有女初长成，养在深闺人未识。

天生丽质难自弃，一朝选在君王侧。

回眸一笑百媚生，六宫粉黛无颜色。

春寒赐浴华清池，温泉水滑洗凝脂。

侍儿扶起娇无力，始是新承恩泽时。

云鬓花颜金步摇，芙蓉帐暖度春宵。

春宵苦短日高起，从此君王不早朝。

承欢侍宴无闲暇，春从春游夜专夜。

后宫佳丽三千人，三千宠爱在一身。

金屋妆成娇侍夜，玉楼宴罢醉和春。

姊妹弟兄皆列土，可怜光彩生门户。

遂令天下父母心，不重生男重生女。

骊宫高处入青云，仙乐风飘处处闻。

缓歌慢舞凝丝竹，尽日君王看不足。

渔阳鼙鼓动地来，惊破霓裳羽衣曲。

九重城阙烟尘生，千乘万骑西南行。

翠华摇摇行复止，西出都门百余里。

六军不发无奈何，宛转蛾眉马前死。

花钿委地无人收，翠翘金雀玉搔头。

一场「穿越」的文学之旅

文学之旅小驿站

君王掩面救不得，回看血泪相和流。

黄埃散漫风萧索，云栈萦纡登剑阁。

峨嵋山下少人行，旌旗无光日色薄。

蜀江水碧蜀山青，圣主朝朝暮暮情。

行宫见月伤心色，夜雨闻铃肠断声。

天旋日转回龙驭，到此踌躇不能去。

马嵬坡下泥土中，不见玉颜空死处。

君臣相顾尽沾衣，东望都门信马归。

归来池苑皆依旧，太液芙蓉未央柳。

芙蓉如面柳如眉，对此如何不泪垂。

春风桃李花开夜，秋雨梧桐叶落时。

西宫南苑多秋草，落叶满阶红不扫。

梨园弟子白发新，椒房阿监青娥老。

夕殿萤飞思悄然，孤灯挑尽未成眠。

迟迟钟鼓初长夜，耿耿星河欲曙天。

鸳鸯瓦冷霜华重，翡翠衾寒谁与共。

悠悠生死别经年，魂魄不曾来入梦。

临邛道士鸿都客，能以精诚致魂魄。

为感君王辗转思，遂教方士殷勤觅。

排空驭气奔如电，升天入地求之遍。

上穷碧落下黄泉，两处茫茫皆不见。

忽闻海上有仙山，山在虚无缥缈间。

楼阁玲珑五云起，其中绰约多仙子。

中有一人字太真，雪肤花貌参差是。

金阙西厢叩玉扃，转教小玉报双成。

闻道汉家天子使，九华帐里梦魂惊。

揽衣推枕起徘徊，珠箔银屏迤逦开。

云鬓半偏新睡觉，花冠不整下堂来。

风吹仙袂飘飘举，犹似霓裳羽衣舞。

玉容寂寞泪阑干，梨花一枝春带雨。

含情凝睇谢君王，一别音容两渺茫。

昭阳殿里恩爱绝，蓬莱宫中日月长。

回头下望人寰处，不见长安见尘雾。

惟将旧物表深情，钿合金钗寄将去。

钗留一股合一扇，钗擘黄金合分钿。

但令心似金钿坚，天上人间会相见。

临别殷勤重寄词，词中有誓两心知。

七月七日长生殿，夜半无人私语时。

在天愿作比翼鸟，在地愿为连理枝。

天长地久有时尽，此恨绵绵无绝期。

——白居易《长恨歌》

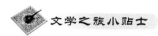文学之旅小贴士

　　《长恨歌》是白居易的一首长篇叙事诗,全诗形象地叙述了唐玄宗与杨贵妃的爱情悲剧。此诗作于元和元年,白居易正在盩厔(今陕西周至)任县尉。《长恨歌》是白居易和友人陈鸿、王质夫同游仙游寺有感于唐玄宗、杨玉环的故事而创作的。同时,陈鸿有《长恨歌传》。

白居易《长恨歌》：此恨绵绵无绝期

"缀玉联珠六十年，谁教冥路作诗仙？浮云不系名居易，造化无为字乐天。童子解吟《长恨曲》，胡儿能唱《琵琶篇》。文章已满行人耳，一度思卿一怆然。"这是蔡居厚《诗史》所引唐宣宗悼白居易之诗，其中就提到白居易的两首叙事长诗《琵琶行》和《长恨歌》。现在我们一起跟随历史的脚步去体味《长恨歌》中这份绵绵不尽的"长恨"。

一、一篇长恨有风情

这首被白居易自己评价为"一篇长恨有风情"的作品，作者用心之苦，用力之勤自不必说，我们还需要了解的是《长恨歌》的创作背景，或者说是创作缘由。据陈鸿《长恨歌传》记载：

元和元年冬十二月，太原白乐天自校书郎于盩厔，鸿与琅邪王质夫家于是邑，暇日相携游仙游寺，话及此事，相与感叹，质夫举酒于乐天前曰："夫希代之事，非遇出世之才润色之，则与时消没，不闻于世。乐天深于诗，多于情者也，试为歌之，如何？"乐天因为《长恨歌》。

这是关于白居易《长恨歌》创作背景的可靠记录，同时，陈鸿也写了一篇《长恨歌传》，一诗一文，并行于世。当然，《长恨歌传》的主题直接影响着后世人们对《长恨歌》的解读，这一点，我们以后再去讨论。从这段文字中，我们读到两个关键信息点，其一是时间，其二是地点。时间是元和元年冬十二月（807年1月），地点是仙游寺。

我们先看看地点仙游寺，为什么三个文人携游仙游寺会谈及李杨之事。仙游寺位于今周至县城南17公里，与马嵬坡仅一水（渭水）相隔。众所周知，马嵬坡是杨玉环死难之地，站在仙游寺上，可以看到一水之隔的马嵬坡，无怪乎三个文士会在这次游玩中谈及李杨之事并相与感慨啦！

我们再看看时间元和元年冬十二月，这一年，白居易从校书郎任盩厔（今陕西周至）县尉，是年，白居易35岁，未婚。35岁未婚，就算在现在，也是大龄剩男了，况且在早婚的古代，这个年龄可能已经做爷爷了。白居易身为世家子弟，又有大好前程，为何迟迟未婚呢？这里就不得不说说白居易的爱情了。

白居易一生中有一段刻骨铭心的爱情往事，与一个名叫湘灵的女子有关。白居易11岁时，因避家乡战乱，随母将家迁至父亲白季庚任官所在地——徐州符离，后与比他小4岁的邻居女子相识，当时白居易19岁、湘灵15岁，情窦初开，两人便开始了初恋。白居易有诗描写湘灵，即《邻女》："娉婷十五胜天仙，白日姮娥旱地莲。何处闲教鹦鹉语，碧纱窗下绣床前。"从诗中可见白居易对湘灵的喜欢。但是，这份感情遭遇了门第之限，白居易出身官宦世家，湘灵则属于下层百姓家庭，白母坚决反对，白居易22岁时含泪写出一首《潜离别》，诗中写道："不得哭，潜离别。不得语，暗相思。两心之外无人知。深笼夜锁独栖鸟，利剑春断连理枝。河水虽浊有清日，乌头虽黑有白时。惟有潜离与暗别，彼此甘心无后期。"白居易27岁时，为了家庭生活和自己的前程，离开符离去江南叔父处，一路上他写了三首怀念湘灵的诗，分别是《寄湘灵》《寒闺夜》《长相思》，其中《长相思》中有句"愿作远方兽，步步比肩行。愿作深山木，枝枝连理生"，表达了白居易的美好心愿。白居易29岁考上进士，回符离住了近10个月，恳求母亲同意他和湘灵的婚事，但被母亲拒绝了。白居易怀着极其痛苦的心情离开了家。白居易33岁在长安做了校书郎，需将家迁至长安，他回家再次苦求母亲允许他和湘灵结婚，但门第观念极重的母亲，不但再次拒绝了他的要求，而且在全家迁离时不准他们见面。面对他与湘灵婚姻的无望，白居易以不与他人结婚惩罚母亲的错误，并三次写了怀念湘灵的诗，即《冬至夜怀湘灵》《感秋寄远》《寄远》。当然，因为和白居易的这段感情，湘灵终身未嫁。

在《长恨歌传》里，我们读到这样一句话："乐天深于诗，多于情者也。"这是他的好朋友当时对他的评价。白居易写《长恨歌》时，面对李杨爱情的悲剧，感念有情人不能长相厮守，在《长恨歌》里，寄寓了"在天愿作比翼鸟，在地愿为连理枝"的美好意愿。面对李杨爱情悲剧，对照自身不圆满的爱情，白居易心有戚戚然，所以在《长恨歌》里表达了深深的伤感和遗憾——天长地久有时尽，此恨绵绵无绝期！

二、此恨绵绵无绝期

《长恨歌》可谓白居易创作中的名篇佳作,在当时流传极为广泛,"王公妾妇牛童马走之口无不道"。陈寅恪在《元白诗笺证稿》中说:"乐天之长恨歌,实系自许以为压卷之杰构,而亦为当时之人所极欣赏且流传最广之作品。"

当然,白居易的《长恨歌》之所以能够广为流传,在我看来,大致有两个方面的原因:其一,得益于白居易的诗风。据说,白居易作诗之后读给不识字的老太太听,听不懂则改,直到老太太听懂为止,可见白居易诗语言浅近,通俗易懂,故而流传广泛。其二,得益于《长恨歌》素材的选择。李杨爱情,帝王与贵妃的风流韵事,在当时是人们极为感兴趣的往事,当白居易用朗朗上口的诗句描绘出来之后,人们自然就会津津乐道。

白居易创作的《长恨歌》对李杨爱情的态度,可谓爱恨交织,对李杨爱情的描写,可谓曲尽情致。

首先,爱恨交织的主题。

白居易对于李杨,可以说是又爱又恨,爱恨交织。历来描写李杨爱情的文学作品很多,但每篇作品的基调是一致的——要么同情,如洪昇的《长生殿》;要么批判,如杜牧的"一骑红尘妃子笑,无人知是荔枝来";要么冷嘲热讽,如李商隐"如何四纪为天子,不及卢家有莫愁"。

但白居易的《长恨歌》里,对李隆基与杨玉环的爱情悲剧,却是既有同情又有批判。批判体现在前半部分,从"汉皇重色思倾国"开始,一个"重色"的君王形象,自然就带有批判成分,当李杨沉溺于欢爱之中时,白居易冷眼旁观地批判"从此君王不早朝";当李隆基对杨玉环的专宠造成朝野动荡时,白居易旁敲侧击"姊妹弟兄皆列土,可怜光彩生门户"。

然而,当这场爱情转化成悲剧之后,悲剧的制造者恰恰成了悲剧的承受者时,白居易开始泪眼婆娑地同情起这对有情人,生离死别之后,李隆基征途肠断"行宫见月伤心色,夜雨闻铃肠断声",回驾路上经过马嵬"到此踌躇不能去",回宫之后李隆基睹物思人——"芙蓉如面柳如眉,对此如何不泪垂"。面对"悠悠生死别经年,魂魄不曾来入梦"的残酷,白居易终不忍视,于是,临邛道士出现,为李隆基仙山觅魂,使得李杨二人天上人间再互通一次音信,再次回忆"七月七日长生殿,夜半无人私语时"的誓言。凡此种种,都是白居易对李杨爱情的同情所致。这时候,在白居易眼中,李隆基不再是君王,他是爱情悲剧的承受者,他有着生死相隔的爱情遗憾。

所以,在《长恨歌》里,白居易对李杨爱情可谓爱恨交织。

其次,曲尽情致的描写。

白居易的《长恨歌》,叙事、写景、抒情、写人完美结合,被称为"诗体小说"。这首诗在叙事时,虚实相间,他没有直面历史,也没有完全虚构,比如在描写杨玉环的出身方面,采用曲笔写法,用"杨家有女初长成,养在深闺人未识"代替了父夺子妻的历史事实。有人说是白居易立场有问题,此处是曲意奉承皇室,其实,我们仅仅站在一个创作者的角度去思考,白居易曲笔来写,只是为了表达主题的需要,他的作品中需要一个至善至美的女主人公,这样,当悲剧发生时才更具有穿透力。

写景方面更是借景寄情,这首诗可以说没有一句废话,所有的景物描写中都饱含深情:"行宫见月伤心色,夜雨闻铃肠断声",思念的痛苦不言而喻;"归来池苑皆依旧,太液芙蓉未央柳",物是人非的感伤寄寓其中;"春风桃李花开日,秋雨梧桐叶落时",人事凋零的感怀清晰可见。

写人方面,则是情貌写意,刻画出富有个性的鲜活形象,最为鲜明的是对女主人公杨玉环的描写。我们从"回眸一笑百媚生,六宫粉黛无颜色"里看到初选入宫的杨玉环美的展现,"回眸一笑"让我们在回眸的瞬间有一个心理期待的过程,当我们看到百媚生的杨玉环时,审美体验已经完成,但白居易又用了六宫粉黛与之对比,让我们更深刻地体味这份美的震撼,而这时的杨玉环仅仅是回眸一笑而已。初承皇恩的杨玉环"春寒赐浴华清池,温泉水滑洗凝脂",一个近镜头,让我们看到了杨玉环凝脂一般的细腻光滑的皮肤,用"凝脂"形容女子的皮肤不是白居易首创,《诗经·卫风·硕人》里就有"肤如凝脂"的描写。"凝脂"通俗来讲就是凝结的油脂,就是冻油,似乎不宜用于形容美女的皮肤,可"凝脂"是最贴近老百姓生活的东西,如果用美玉形容女子皮肤的光滑细腻,老百姓大多没有见过玉,他想破脑袋也想不出那到底是什么样子。用"凝脂"就不同了,普通人都见过,色白,细腻,表面光滑,可以从视觉和触觉两方面完全体会到一个美人的皮肤有多好。这种描写,也是契合白居易浅近通俗的创作主张的。再看杨玉环,镜头上推,我们看到美人出浴的场景"侍儿扶起娇无力",杨玉环的娇媚之态跃然纸上,我们似乎看到了实景。"云鬓花颜金步摇"虽是描写杨玉环的装饰,可我们也从中看到了杨玉环的意态之美。总之,白居易时而白描写意,时而侧面衬托,写出了杨玉环的动态美,为我们塑造了一个活灵活现的美人形象。

在《长恨歌》里,白居易通过曲尽情致的描写表达了对李杨爱情的爱恨交织。无论是男女主人公,还是作者、读者,在读到《长恨歌》时,都能感受到哀婉缠绵的遗憾,都能感受到绵绵不断的忧伤,真可谓"此恨绵绵无绝期"!

一场「穿越」的文学之旅

文学之旅小驿站

相见时难别亦难，东风无力百花残。

春蚕到死丝方尽，蜡炬成灰泪始干。

晓镜但愁云鬓改，夜吟应觉月光寒。

蓬山此去无多路，青鸟殷勤为探看。

——李商隐《无题》

文学之旅小贴士

李商隐（813—858），字义山，号玉谿生、樊南生，祖籍怀州河内（今河南沁阳），祖父辈迁居河南郑州。文宗开成二年（837）进士，后任秘书省校书郎，调弘农尉。其后辗转于各藩镇幕府做幕僚。李商隐因早年曾受知于牛党令狐楚，后又入李党王茂元幕府并成为他的女婿，于是深陷牛李党争，沉居下僚，抑郁不得志。

李商隐是晚唐著名诗人，与杜牧齐名，并称"小李杜"，其诗歌语言凝练而丰富，意境朦胧，诗风富艳精工，深情绵邈。以《无题》命篇，是李商隐的首创。李商隐的无题诗有50余篇，但以《无题》为代表的爱情诗是其最具艺术魅力的作品。

李商隐与《无题》

行至晚唐，一个"伤时伤事又伤心"的时代、一个繁华落尽的时代，矗立在世人面前。经历安史之乱，唐王朝渐趋衰落。

晚唐，"夕阳无限好，只是近黄昏"。这个时期的诗坛出现了两位出名的诗人，杜牧、李商隐，被后人称为"小李杜"。杜牧，在咏史中怀古伤今；李商隐，在爱情中言志言情。现在，我们一起跟随历史的脚步去认识李商隐。

李商隐是个地道的郑州人，虽然他的祖先居于河内（今河南沁阳），但其祖父时迁居荥阳（今河南郑州荥阳市），李商隐生在郑州，死在郑州，现在郑州西郊还有一个李商隐公园。

李商隐，字义山，号玉谿生，又号樊南生。生于公元813年，卒于公元858年，这位寿命只有46岁的诗人，却经历了晚唐的宪、穆、敬、文、武、宣宗六朝。从李商隐的一生中，我们也可以窥见晚唐政坛的不稳定。

晚唐，政权更迭频繁，宦官专权。宦官甚至能决定皇帝的废立与生死，在文宗朝更是发生了"甘露之变"这样出格的事。

这就是李商隐所处的时代。

除了宦官专权,还不得不提一个困扰晚唐近半个世纪的政治现象——牛李党争。因为,这场党争与李商隐有着直接的关系。

牛李党争,源于牛僧孺与李德裕之间的矛盾。牛僧孺参加科举之时,李德裕的父亲李吉甫是当时的宰相,因为牛僧孺等人在考卷里批评朝政和宰相,宰相李吉甫要求皇帝严惩他们。结果是两败俱伤,牛僧孺等人未被提拔,李吉甫被贬官。

两个人之间的矛盾如何发展成为党争?因为,牛李党争实则为士族与庶族的斗争,牛僧孺代表的是出身庶族的寒门士子,李德裕代表的是世代为官的权贵士族。

这场党争早在李商隐出生之前便已开始,李商隐从未想过参与进去,他自认无门无派,无党无争。但是,牛李党争不是站队,只用出身自动归属,寒门出身即是牛党,权贵豪门便是李党。

李商隐少年聪慧,早年得到当时宰相令狐楚的赏识,令狐楚将李商隐留在府中读书,并亲自教授李商隐,令狐楚是当时"四六骈文"的高手,李商隐后半生谋生的手段都是从令狐楚这里学来的,李商隐私底下喊令狐楚为"师丈"。令狐楚去世前的最后一封奏表就是委托李商隐代为起草的,可见令狐楚对李商隐的信任。

仕宦之年,李商隐进入泾原节度使王茂元的幕府,王茂元爱其才,便以女妻之。于是,李商隐便成了泾原节度使王茂元的上门女婿。

李商隐早年受知于宰相令狐楚,现又是泾原节度使王茂元的女婿,在这两个强大势力的支撑下,应该说李商隐会有一个大好前程。

但是,李商隐一生辗转幕府之间,沉居幕僚。究其原因,就在于他背后的这两大支撑。李商隐的问题就在于他把自己置于牛李党争的夹缝之中,令狐楚属于牛党,王茂元属于李党,李商隐出自牛党,又投身李党,便成为牛李党争的牺牲品,终其一生,沉居下僚。故而,李商隐的仕途便是在牛李党争的夹缝中艰难求生存。

如果仕途艰难爱情美满,那么李商隐的内心还会得到一丝慰藉。然而,李商隐的爱情,更是他心中无以言说的痛。当代学者苏雪林《玉谿诗谜》曾据李商隐的诗考证出李商隐的几段爱情往事,涉及的女子有荷花、柳枝、锦瑟、宋华阳、王氏等。

荷花,据说是李商隐早年青梅竹马的未婚妻,未成人便夭亡,少年丧失爱人的伤痛成为李商隐心中无法抹去的阴翳。

柳枝,据说是洛阳城中一个富商的女儿,喜欢李商隐,主动邀约李商隐,但他爽约未至,后来柳枝被一个权贵收为妾,结局不好,李商隐常常为此自责悔恨,柳枝的命运让李商隐背负一份沉重的精神枷锁。

锦瑟,据说是令狐楚的一个侍女,和李商隐日久生情,但令狐楚坚决不同意二人交往,生生将其拆散,与锦瑟的过往成为李商隐心中惘然的叹息。

宋华阳,据说是一个女道士,是李商隐早年在青城山学道的道友,两人的恋爱不为世俗和教义所允许,对宋华阳的思念成为李商隐终生以随的痛苦。

　　王氏，王茂元的女儿，李商隐的妻子，二人伉俪情深，但王氏的早逝让李商隐常常有梧桐半死的哀伤。

　　总之，这些感情无一善终，皆成伤痛。仕途失意，爱情成殇，凡此种种，皆为哀伤，这也许是李商隐不得长寿的缘由吧！

　　李商隐用他的笔写着他的情、他的爱，为我们留下一首首哀婉凄绝的诗篇。在此解读一首《无题》，借以管窥李商隐《无题》诗的风貌。

> 相见时难别亦难，东风无力百花残。
>
> 春蚕到死丝方尽，蜡炬成灰泪始干。
>
> 晓镜但愁云鬓改，夜吟应觉月光寒。
>
> 蓬山此去无多路，青鸟殷勤为探看。

　　这首《无题》诗比较出名，主题描写的也是爱情相思。首句里两个"难"字——"相见时难""别亦难"——意义有所不同，"相见时难"是说相见不易，"别亦难"是说分别不舍。当然，这两层意义是有因果关系的，就是因为相见不易，分别时才难分难舍。我们对于常常见面的朋友总能轻松挥别，就像我们每天下课和同学说再见时，因为知道很快还会见面，所以谁都不会留恋不舍。但，若是毕业挥别，天南海北，再见无期，我们总会难分难舍。相见不易，分别不舍，李商隐这句诗里表达的就是这种感觉。

　　这种难分难舍的分离是在什么季节呢?"东风无力百花残",四季的风向和东南西北的方向是相对应的,这和我们处在北半球的地理位置有关。"东风无力百花残",春天温暖无力的风吹着,可是百花凋残,由此可知,这是春末夏初,花期已过,自然凋落。但这自然而然的现象,在诗人眼中却是无可奈何花落去,无力挽回,无可挽回。就在这落寞缤纷的季节里,主人公难分难舍地挥手作别,别离如同花落,一样让人哀伤,一样让人无可奈何。

　　"春蚕到死丝方尽,蜡炬成灰泪始干"这两句脍炙人口的诗句,却被千百遍地误读着,人们常常把它作为歌颂具有奉献精神的职业。比如说教师,就像春蚕一样,辛勤吐丝,直到生命结束,丝才吐尽;就像蜡烛一样,燃烧自己,照亮别人。可是,我却想说,李商隐没有为教师这个职业写颂歌的情怀。李商隐这首诗说的是爱情,这两句自然不能例外。这里的"丝"是"思"的谐音,表达的是思念,"泪"表达的是痛苦。如果说是歌颂教师,那么"泪"就无法解释了,奉献的蜡炬,那么高尚地燃烧自己照亮别人,为何有泪? 其实,李商隐这两句诗说的是:我对你的思念就如同春蚕吐丝一般,至死方休;因为思念而产生的痛苦就如同蜡炬燃烧,不灭不休。所以,这里李商隐所说的是因为爱而产生的思念和痛苦,都是终生以随,至死方休的。

　　"晓镜但愁云鬓改,夜吟应觉月光寒",一晓一夜,一个云鬓改,一个月光寒。云鬓改,是外在的容颜变化;月光寒,是内在的心理痛苦。一切皆因思念,一切皆因别离。

　　"蓬山此去无多路,青鸟殷勤为探看","蓬山""青鸟"都和西王母有关。蓬山,是蓬莱仙山,西王母所居之处;青鸟,是仙山之鸟,西王母的使者。这一切,似乎都在暗示诗人所思念之人的身份,有人猜测,这首诗是写给宋华阳的,她是道山之上修仙之人。因为宋华阳的身份特殊,诗人和她的爱情不为世俗所容,不为教义所许。所以,尽管此去蓬山没有太远的路,诗人却不能亲见,只能烦请殷勤的青鸟代为探看;所以,他们才相见时难别亦难。

为什么用《无题》做题目呢? 大致有两个原因:第一,诗中所要表达的内容不便明说,不想让别人太过明白自己的意图,于是用《无题》掩饰;第二,诗中有较为复杂的情愫,并非简单的几个字能够概括,或者说内容复杂,难以用一个主题涵盖,于是用《无题》概述。鉴于以上两点,李商隐用了《无题》作为诗篇的题目。

李商隐的《无题》诗包括两类:一种是直接用《无题》做篇名的;一种是以首句中的一个词作为题目的,比如《锦瑟》《碧城》《银河吹笙》《流莺》等。

李商隐的《无题》诗有50余篇,但以《无题》为代表的爱情诗是李商隐最著名的作品,是李商隐诗歌独特艺术风格的代表,也是李商隐诗歌中最具艺术魅力的作品。

李商隐的《无题》诗,大多是以爱情相思为题材的,哀婉缠绵,典雅精丽。有人说李商隐的《无题》多有托喻,我想不必考证,亦不须条分缕析,梁启超先生说过这样一段话:

义山的《锦瑟》《碧城》《圣女祠》等诗,讲的什么事,我理会不着。

拆开来一句一句叫我解释，我连文义也解不出来。但我觉得它美，读起来令我精神上得一种新鲜的愉快。须知美是多方面的，美是含有神秘性的。

——梁启超《饮冰室文集·中国韵文内所表现的情感》

我们只需认可李商隐的诗是美的，哪怕是一种神秘的美，哪怕是一种懵懂的美。

人们常常认为李商隐诗意隐晦难解，"诗家总爱西昆好，独恨无人作郑笺"。其实，难解的不是李商隐的诗篇，是李商隐心中的伤痛。

在李商隐的《无题》诗中，除了"相见时难别亦难"的伤痛，还有"良辰未必有佳期"的感伤，"昔年相望抵天涯"的感叹，"不知身属冶游郎"的羞怯，"何处西南任好风"的感慨，"碧海青天夜夜心"的悔恨，"心有灵犀一点通"的感动，"一寸相思一寸灰"的煎熬，"更隔蓬山一万重"的遗憾，"未妨惆怅是清狂"的叹息，"只是当时已惘然"的无奈。

每一首《无题》，都是一份低回的心语；每一首《无题》，都是一段哀婉的心事；每一首《无题》，都是伤心人别有的怀抱。

诗到哀婉是《无题》，情到深处是《无题》。

李商隐的人生际遇，是时代使然，也是他无法超越的。正如崔珏《哭李商隐》所写：

虚负凌云万丈才，一生襟抱未曾开。

鸟啼花落人何在，竹死桐枯凤不来。

良马足因无主踠，旧交心为绝弦哀。

九泉莫叹三光隔，又送文星入夜台。

　　总之，李商隐一生空负才华却不得志，但他用他的笔、用他的才华、用他的生命写就了一首首别具一格、情思绵长的无题诗。

番外：李商隐与白居易

　　白居易诗风晓畅明了，李商隐诗风晦涩难解，看似完全不搭的风格，两个人应该是话不投机半句多。然而，出乎意料的是白居易对李商隐非常赏识，《唐才子传·李商隐》中记载：

　　时白乐天老退，极喜商隐文章，曰："我死后，得为尔儿足矣。"白死数年，生子，遂以"白老"名之。

　　白居易晚年非常欣赏李商隐的诗文，甚至愿意死后投胎做李商隐的儿子。在白居易死后数年，李商隐儿子出生，李商隐就为儿子取名为"白老"。

　　白居易的墓志铭《刑部尚书致仕赠尚书右仆射太原白公墓志铭》也是李商隐执笔所写。

第四编

宋代：文学的转折

我们的脚步转至大宋王朝,一个充满风情与韵味的时代,一个让宋词大放异彩的历史舞台。大宋王朝,是中国历史上一个文化高度繁荣的时代。我们将驻足于此,细品那风雅绝代的宋词,感受那个时代独特的文学韵味。

宋代继承了唐代的遗风,又在此基础上发展出了自己独特的文化特色。大宋王朝疆域辽阔,政治稳定,经济繁荣,为文化的兴盛提供了坚实的基础。同时,大宋王朝又是一个充满变革的时代,科举制度的进一步完善,使得庶民子弟也有了步入仕途的机会,社会阶层流动加速,文人士大夫阶层崛起,形成了独特的士人文化。文学在这个时代,悄然转折,走入另一方天地。

在这个文人墨客辈出的时代,在这个诗词歌赋盛行的朝代,文学得到了空前的发展。文人雅士们以诗词为媒介,吟风颂月,抒发情感,留下了无数脍炙人口的经典之作。尤其是宋词,作为大宋王朝最具代表性的文学形式,成为文学领域的一朵奇葩。宋词以其独特的艺术魅力,吸引了无数文人墨客的青睐,留下了无数脍炙人口的佳作,成为中国文学史上一道亮丽的风景线。

宋词,是中国文学史上的重要篇章,它以其优美的语言、深邃的意境、丰富的情感,成为中国古代文学的重要代表。宋词的发展,经历了从初期到中期再到晚期的过程,每个时期都有其独特的风格和特点。

言志与言情,是宋词中最为常见的两个主题。在言志方面,苏东坡以其非凡的才情,将宋词推向了新的高度。他在《念奴娇·赤壁

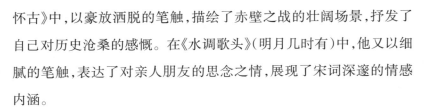

怀古》中,以豪放洒脱的笔触,描绘了赤壁之战的壮阔场景,抒发了自己对历史沧桑的感慨。在《水调歌头》(明月几时有)中,他又以细腻的笔触,表达了对亲人朋友的思念之情,展现了宋词深邃的情感内涵。

在言情方面,宋词同样有着丰富的表现。风流才子柳三变,以其多情的笔触,描绘了无数动人的爱情故事。在《雨霖铃》(寒蝉凄切)中,他借寒蝉凄切、对长亭晚的描写,表达了对离别的深深哀怨。而在《蝶恋花》(伫倚危楼风细细)中,他又以细腻的笔触,描绘了女子对爱情的渴望与追求,展现了宋词在言情方面的独特魅力。

除了苏东坡和柳三变之外,大宋王朝还有许多杰出的词人。范仲淹的《渔家傲·秋思》中,"碧云天,黄叶地"的描绘,让我们感受到了他内心的孤独与悲凉;辛弃疾的《破阵子·为陈同甫赋壮词以寄之》中,"沙场秋点兵"的描写,让我们感受到了他报国无门的悲壮与豪情。这些词人用他们的笔墨,为我们呈现了一个丰富多彩、情感深沉的宋词世界。

在大宋王朝的时代背景下,宋词得以蓬勃发展。经济的繁荣、文化的昌盛、社会的开放都为宋词的发展提供了良好的土壤。而文人墨客们的积极参与和创作热情更是推动了宋词艺术的不断创新和进步。他们用自己的才华和智慧为宋词注入了新的活力与生命力,使宋词成为中国文学史上不可或缺的一部分。

大宋与宋词,是中国历史上一段独特的文化现象。大宋王朝以其繁荣的文化和独特的社会环境,为宋词的发展提供了肥沃的土壤。文学发展也呈现出独特的转折和繁荣。宋词以其优美的语言和深邃的意境,成为中国古代文学的重要代表之一。今天,我们一起穿越时空回到那个风雅绝代的时代,领略宋代文人的智慧和情感,感受那个时代的风采和韵味。

伫倚危楼风细细,望极春愁,黯黯生天际。草色烟光残照里,无言谁会凭阑意。

拟把疏狂图一醉,对酒当歌,强乐还无味。衣带渐宽终不悔,为伊消得人憔悴。

——柳永《蝶恋花》

文学之旅小贴士

柳永(约 984—约 1053),原名三变,字景庄,后改名永,字耆卿,因排行第七,又称柳七,崇安(今福建武夷山市)人。

柳永是北宋婉约派代表词人,他扩宽了词的题材,大力创作慢词,推动了词的发展。柳永擅长运用通俗口语入词,长于铺叙,他的词在当时被广泛传唱,相传"凡有井水饮处,即能歌柳词"。有词集《乐章集》。

《蝶恋花》(伫倚危楼风细细)是柳永的代表作品之一,这首词是作者登高望远,触景伤怀之作,抒发了他对离别的愁苦之情。

一场「穿越」的文学之旅

白衣卿相：柳永

　　行至北宋初年，在民间、在流行乐坛（词坛），有一个"男神"一般的存在，那就是柳永。现在，我们跟随历史的脚步一起去认识这位北宋词坛的男神。

　　柳永，在他风靡当朝的时候，还不叫柳永，当时他叫柳三变，或称柳七、柳七郎。柳永，是他60岁之后自己改的名字，为了明志，要从此走上正途，不再过之前的荒唐生活，于是折节读书，考取功名，改名为永，字耆卿。

　　柳永是北宋第一个专力写词的作家，别人填词，都是业余爱好，只有柳永是专业作家。柳永少年时常出入烟花柳巷，因为擅长词曲，常常为乐工、歌妓填词作曲，很多词传唱一时。著名的《鹤冲天》就是其中之一：

　　黄金榜上，偶失龙头望。明代暂遗贤，如何向？未遂风云便，争不恣狂荡？何须论得丧。才子词人，自是白衣卿相。

　　烟花巷陌，依约丹青屏障。幸有意中人，堪寻访。且恁偎红倚翠，风流事，平生畅。青春都一饷。忍把浮名，换了浅斟低唱！

据吴曾的《能改斋漫录》卷十六记载,柳永去赶考的时候,这首《鹤冲天》传唱一时,当然也传到了宫中,宋仁宗看到考生名册里柳三变的名字,便问左右,是不是填词的那位,左右都答是,仁宗就很不高兴,"予以黜退",并专门批示:"且去浅斟低唱,何要浮名?"柳永当时就给自己取了个号——"奉旨填词柳三变",皇上让我去填词的,我是奉旨行事。当然,这里更多的是自嘲了。从此,柳永就无所顾忌地浪迹于烟花柳巷了,因为进取的路已被封死了——最高统治者都已经批示了,还有什么希望呢!

或许一定意义上,我们要感谢宋仁宗的"慧眼",一眼便认定柳永就是填词的人才。从此,北宋的朝廷里少了一名无关大局的官员,我们的文学史里多了一位不可或缺的词人。

柳永的一些作品写出了他对于功名利禄的不屑和鄙弃,似乎传递出一种狂放和孤傲。然而细细读来,这却不是他的本意,对于功名利禄的蔑视和鄙弃只是他失意之后的自嘲,也是一种无可奈何的玩世不恭,这从他"忍把浮名,换了浅斟低唱"的吟唱中可以看出,一个"忍"字,何其不甘,何其无奈。封建时期的文人多有"兼济天下"的愿望,也希望通过科举考试实现自己的人生价值,柳永也不例外。他曾经热衷于科举,只是在科举中失利,遭皇帝黜退落榜,其理想无法实现转而浪迹烟花柳巷之间。而其60岁之后更名为"永",折节读书,考取功名,更是柳永不能真正做到蔑视功名的明证。

柳永作为一位专业写词的大家,他对宋词的贡献是不可忽略的:他发展了词的体制,创制出很多新调并大量创作长调慢词,扩大了词的容量；他拓宽了词的题材，更多地从都市生活和市民生活入手写词，将词的视野从亭台楼阁转向了都市生活；他提高了词的写作技巧，白描、铺叙手法的娴熟运用，大量运用口语、俚语，改变了五代词的绮靡之风。

柳词在宋元时期流传十分广泛，相传当时就有"凡有井水饮处，即能歌柳词"（叶梦得《避暑录话》）的说法。乐工、歌妓争相传唱柳词，对于专属定制的曲子，坊间更是有千金难买柳词的共识。柳词传唱范围较广，在当时的词坛，柳永属于翘楚，以至于苏轼写了《念奴娇·赤壁怀古》之后就问他的幕僚："我的词比柳七词如何？"至少说明，在苏轼心中，柳永是写词的大家。

当然，柳词里艳词较多，这和他的经历不无关系，他生活在低层，接触的是市井百姓，他的词又是多写给坊间歌妓，所以，词句之间略显浮艳、浅近低俗了，这就显然与北宋初期词坛主流风格典雅闲适格格不入了，柳永也因此被讥讽。张舜民的《画墁录》记载，柳永曾去拜访当朝宰相晏殊：

晏公曰："贤俊作曲子么？"三变曰："只如相公亦作曲子。"公曰："殊虽作曲子，不曾道'彩线慵拈伴伊坐'。"柳遂退。

不过，柳词中也有典雅的一面，如《蝶恋花》：

伫倚危楼风细细，望极春愁，黯黯生天际。草色烟光残照里，无

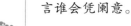

言谁会凭阑意。

拟把疏狂图一醉，对酒当歌，强乐还无味。衣带渐宽终不悔，为伊消得人憔悴。

"衣带渐宽终不悔，为伊消得人憔悴"堪称佳句，王国维在《人间词话》将其作为三种境界之一：

古今之成大事业、大学问者，必经过三种之境界："昨夜西风凋碧树。独上高楼，望尽天涯路。"此第一境也。"衣带渐宽终不悔，为伊消得人憔悴。"此第二境也。"众里寻他千百度，蓦然回首，那人却在灯火阑珊处。"此第三境也。此等语皆非大词人不能道。

柳词中有太多能触动我们内心柔软的句子、太多让我们热泪盈眶的句子：有"多情自古伤离别，更那堪，冷落清秋节"的凄凉清丽；有"今宵酒醒何处，杨柳岸晓风残月"的孤独寂寞；有"三秋桂子，十里荷花"的承平气象；有"渐霜风凄紧，关河冷落，残照当楼"的世事沧桑；有"想佳人妆楼颙望，误几回、天际识归舟"的羁旅愁思；有"是处红衰翠减，苒苒物华休"的流光似梦。

柳永，柳三变，柳七郎，北宋初年一个"奉旨填词"的专业词人，一个凡尘之中的"白衣卿相"，用他的词、他的情为宋词书写出另一片天空。

 文学之旅小驿站

塞下秋来风景异，衡阳雁去无留意。四面边声连角起。千嶂里，长烟落日孤城闭。

浊酒一杯家万里，燕然未勒归无计。羌管悠悠霜满地。人不寐，将军白发征夫泪。

——范仲淹《渔家傲·秋思》

碧云天，黄叶地，秋色连波，波上寒烟翠。山映斜阳天接水，芳草无情，更在斜阳外。

黯乡魂，追旅思，夜夜除非，好梦留人睡。明月楼高休独倚，酒入愁肠，化作相思泪。

——范仲淹《苏幕遮·怀旧》

文学之旅小贴士

范仲淹（989—1052），字希文，北宋时期的杰出政治家、文学家、军事家和教育家。

范仲淹以其清廉正直、敢于直言的品格和卓越的文学成就著称。

在文学上，他的散文和诗词均有着深厚的思想和艺术价值，如《岳阳楼记》便是其散文代表作之一。范仲淹的词作情感深沉，意境开阔，既有豪放之气，又不失婉约之美。他的词作不仅具有高度的艺术价值，也反映了他的政治抱负和人生哲学。

范仲淹：一代名世之臣

提及范仲淹，我们最熟悉的是他"乐在人后，忧在人先"的千古名句"先天下之忧而忧，后天下之乐而乐"。现在我们跟随历史的脚步，去认识一代名世之臣范仲淹。

范仲淹出身寒门，2岁丧父，母亲带他改嫁长山朱文翰，于是幼年范仲淹随继父姓，改名朱说。

范仲淹少年勤学，《宋明臣言行录》中记载：

范仲淹二岁而孤，母贫无依，再适长山朱氏。既长，知其世家，感泣辞母，去之南都入学舍。昼夜苦学，五年未尝解衣就寝。或夜昏怠，辄以水沃面。往往饘粥不充，日昃始食，遂大通六经之旨，慨然有志于天下。常自诵曰：当先天下之忧而忧，后天下之乐而乐。

大中祥符八年（1015）考中进士的时候，范仲淹还名朱说。一直到天禧元年（1017）才归宗复姓，名范仲淹。楼钥在《范文正公年谱》中记述："天禧元年丁巳，年二十九。迁文林郎，权集庆军节度推官。始复范姓。"

我们从《岳阳楼记》中只知道范仲淹的文学才能，其实，范仲淹是文武兼备，被称为大宋文武第一人。范仲淹不仅是文学家，还是北宋杰出的政治家和军事家。

范仲淹在政治方面最突出的贡献是与富弼、欧阳修等共同推行庆历新政。庆历三年（1043），范仲淹上疏仁宗《答手诏条陈十事》，提出"明黜陟、抑侥幸、精贡举、择长官、均公田、厚农桑、修武备、减徭役、推恩信、重命令"十件事。这就是北宋历史上著名的庆历新政。庆历新政是在北宋内忧外患积贫积弱的背景下提出的富国强兵、发展生产的改革，这场改革涉及政治、军事、经济、社会、文化、科举等各个层面。在北宋历史上曾有两次较为著名的改革运动，一是庆历新政，二是王安石变法。一定意义上讲，庆历新政是王安石变法的前奏，庆历新政为王安石变法提供了理论和实践上的参照和铺垫。

范仲淹主持西北边防事务时，提出积极防御的边防策略，针对西北地势险要的特点，在军事要地修筑城防，加强防御工事，训练边塞军队，以守为攻，不战而屈人之兵。当时西北民谣有"军中有一范，西贼闻之惊破胆"之句。宋仁宗十分倚重范仲淹，《宋史·范仲淹传》中记载：

始，定川事闻，帝按图谓左右曰："若仲淹出援，吾无忧矣。"奏至，帝大喜曰："吾固知仲淹可用也。"进枢密直学士、右谏议大夫。

范仲淹为官38年,始终一身正气,秉公直言,"宁鸣而死,不默而生"(范仲淹《答梅圣俞灵乌赋》)。无论是在朝主政还是出戍边关,范仲淹都能心系国家安危。时人钱公辅谓之"忠义满朝廷,事业满边隅,功名满天下"。《宋史·范仲淹传》中评价范仲淹:

> 自古一代帝王之兴,必有一代名世之臣。宋有仲淹诸贤,无愧乎此。仲淹初在制中,遗宰相书,极论天下事,他日为政,尽行其言。……豪杰自知之审,类如是乎!考其当朝,虽不能久,然先忧后乐之志,海内固已信其有弘毅之器,足任斯责,使究其所欲为,岂让古人哉!

作为一代名世之臣的范仲淹,文学成就亦斐然。范仲淹提出宗经复古、文质相救、厚其风化的文学主张,对北宋初年文风革新具有积极的推进作用。思想境界颇高的散文名篇《岳阳楼记》,堪称千古名篇。诗歌方面,范仲淹主张"范围一气""与时消息",提出诗歌创作要符合时事,不做空言。词作方面,范仲淹的词风丰富,在宋词的发展中有承前启后的重要作用。《渔家傲·秋思》和《苏幕遮·怀旧》写边塞秋思、羁旅情怀,都是脍炙人口的佳作。

《苏幕遮·怀旧》写于范仲淹任陕西四路宣抚使,在西北边塞军中主持防御西夏的军务。词中写羁旅愁思,境界开阔,"碧云天,黄叶地"被王实甫《西厢记》化用为"碧云天,黄花地",一字之差,境界远远不同。范仲淹"碧云天，黄叶地"之句，更能写出边境苍凉秋景。《历代诗余》评曰："公之正气塞天地，而情语入妙至此。"

词中"酒入愁肠，化作相思泪"之句，更被评为"铁石心肠人，亦作此消魂语"（许昂霄《词综偶评》）。

范仲淹有"乐在人后，忧在人先"的济世情怀，有"文能治国，武能安邦"的旷世才情，不愧为一代名世之臣。朱熹就曾评价范仲淹为"天地间气，第一流人物"，康熙也曾评价范仲淹为"济时良相"。康熙五十四年（1715），康熙帝颁诏"以宋臣范仲淹从祀孔庙"，并称其为"先儒范子"。康熙六十一年（1722），又允许其从祀于历代帝王庙。

最后，我们用纪晓岚对范仲淹的评价作结：

行求无愧于圣贤，学求有济于天下，古之所谓大儒者，有体有用，不过如此！

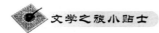

及眉山苏氏,一洗绮罗香泽之态,摆脱绸缪宛转之变,使人登高望远,举首高歌,而逸怀浩气,超乎尘垢之外,于是花间为皂隶,而柳氏为舆台矣!

——胡寅《向芗林酒边集后序》

苏轼(1037—1101),字子瞻,号东坡居士,眉州眉山(今属四川)人。

苏轼为宋仁宗嘉祐二年(1057)进士及第,官至翰林学士、知制诰、礼部尚书。几经贬谪,仕途坎坷。苏轼与其父苏洵、其弟苏辙合称"三苏"。

苏轼是北宋时期著名的文学家、书画家。苏轼在文学、书法、绘画等领域均取得了极高的成就,是北宋中期文坛的领袖人物。他的作品题材广泛,风格独特,对后世产生了深远的影响。

豪放旷达苏东坡

来到北宋，怎能不认识这个时代赫赫有名的明星——苏东坡。现在我们一起跟随历史的脚步去瞻仰苏东坡的神采。苏东坡，是我最喜欢的诗人，没有之一。

苏东坡，本名苏轼，字子瞻，号东坡居士，眉州眉山（今属四川）人，生于公元1037年，卒于公元1101年。在才俊辈出的北宋，苏轼也是一个不可多得的人才，他在所涉足的每个领域中都取得了突出的成就，他是唐宋八大家之一（文），他是宋四家之一（书），他为宋诗发展开辟了新的道路（诗），他成就了宋词一代之文学的地位（词），他提出了"士人画"的概念（画），他治理西湖留下了"苏堤"（水利），他还创造了一道名菜"东坡肉"（饮食）。

苏轼是中国文学史上少有的儒道释思想融为一体的文人，不过苏轼早年就十分喜欢道家的思想，自称"龆龀好道"（《与刘宜翁书》），曾有遁世隐居山林的想法，不过，没有得到父亲的同意，于是走了儒家的路子。苏轼曾读百家之书，既有儒家"穷则独善其身，达则兼善天下"的坚毅精神，又有道家超越时空和物质环境的达观态度，还有佛家以平常心对待一切变故的观念。

苏轼20岁考中进士,得到当时文坛领袖欧阳修的赞赏,步入仕途后在党争中受排挤,并不得志,"乌台诗案"更是他人生的转折点。经历"乌台诗案"的苏轼被贬至黄州任团练副使。

众所周知,苏轼的词跳出了风花雪月的牢笼,把创作的笔触伸向庄严的人生和无奈的现实中,开辟了横放杰出、以诗为词的创作道路,无意不可入,无事不可言,词已诗化了,词境也空前扩大,词人的个性更鲜明地呈现出来,语言、音律和风格与北宋初中期令词相比是一种解放。

刘熙载《艺概·词曲概》卷四的论述,从宏观上(即从词史上)把握住了词的发展轨迹,给予了苏轼词确切的定位:

太白《忆秦娥》声情悲壮,晚唐五代惟趋婉丽,至东坡始能复古,后世论词者或转以东坡为变调,不知晚唐五代乃变调也。

苏轼在《与鲜于子骏》中尝以"自是一家"标识自己的豪放词:

所惠诗文,皆萧然有远古风味,然此风之亡也久矣。欲以求今世俗之耳目则疏矣,但时独于闲处开看,未尝以示人,盖知爱之者绝少也。所索拙诗,岂敢措手,然不可不作,特未暇耳。近却颇作小词,虽无柳七郎风味,亦自是一家。呵呵!数日前,猎于郊外,所获颇多,作得一阕,令东州壮士抵掌顿足而歌之,吹笛击鼓以为节,颇壮观也。

陆游《老学庵笔记》则以"豪放"二字评苏轼："但豪放，不喜裁剪以就声律耳。"此处虽非论苏词风格，只是论及苏轼性情，然而已可窥见一斑。

两宋之交的胡寅在《向芗村酒边集后序》中评论苏词"逸怀浩气，超乎尘垢之外"，任性旷达。其《念奴娇·赤壁怀古》则是这一风格的典型代表。概括而言，《念奴娇·赤壁怀古》的风格就是一个字：旷。

游国恩等主编的《中国文学史》认为作者写这首词"正当政治上受到挫折，因而流露出了沉重的苦闷和'人生如梦'的消极思想；然而依然掩盖不住他热爱生活的乐观态度和要求为国家建功立业的豪迈心情"。朱东润在《中国历代文学作品选》中认为："他深感年岁渐老，功名事业还没有成就，借周瑜在赤壁之战建立大功的往事以抒发自己的怀抱。词中描写战地的雄奇景色，塑造'雄姿英发'的英雄形象，风格豪放。……由于作者无法解决理想与现实之间的矛盾，结尾处转为'人生如梦'的消极思想，情调有低沉的一面，但其追求功业的豪迈心情，仍然是掩盖不住的。"诚然，这首词中有追慕古英雄周瑜，想建功立业而不能的抱负，然而占主导的仍是一种虚无境界和旷达襟怀。词中所写的高远雄伟之景与超脱旷达之情是一种即景即心之融汇结合。故而王国维《人间词话》中称"东坡之词旷，稼轩之词豪"。此词中用世之意与超旷的襟怀完美结合。写作此词时，正值苏轼遇"乌台诗案"大赦，被贬黄州。这种终身役役而不见功成，恭然疲役而不知所归的处境，让他在游览赤壁时，很自然地怀古伤今,追慕古代英雄人物周瑜和曹操,感叹自己功业未立。然而,他终于找到了个体存在的最后归宿:将自己看作与宇宙自然同一的个体,从而在自然万物中得到生命的安顿。在理想与现实的矛盾之间,苏轼表现的是空灵超脱,回归自然,因而落笔绝尘,清旷超逸。

苏轼历来被归为"豪放派",且被视为这一派的代表人物,"旷达"出于"豪放",又当何如呢?下面,且浅论之。

豪放与婉约是词的两种不同风格。布封在《论风格》中说:"风格即人。"文学的风格,诗词的风格,就是那些有成就的作家和他们的作品所独具的特性。这种特性,也就是作家和作品给予读者的最鲜明、最突出的印象。

以"豪放"评词,恰是被视为"豪放派"代表人物苏轼之创举。他在《答陈季常书》中曰:

> 又惠新词,句句警拔,诗人之雄,非小词也。但豪放太过,恐造物者不容人如此快活。

对苏轼词的特点,宋代张炎以"清"论之,《词源》称其:"清丽舒徐,出人意表。"而首以"豪放"称之的则是曾慥。曾慥在《东坡词拾遗》中说:"豪放风流,不可及也。"后来,陆游、沈义父也以"豪放"论苏词。其实,即使不是明言"豪放",也能充分意识到苏词与传统词作之别。南宋俞文豹《吹剑续录》载:

东坡在玉堂日，有幕士善讴，因问："我词何如耆卿？"对曰："郎中词，只合十七八女孩儿，执红牙板，歌杨柳岸晓风残月；学士词，须关西大汉，铁绰板，唱大江东去。"公为之绝倒。

这段话也道出了豪放与婉约的区别。汪莘《方壶诗余·自叙》认为，词"至东坡而一变，其豪妙之气，隐隐然流出言外"。刘辰翁《辛稼轩词序》则云："词至东坡，倾荡磊落，如诗如文，如天地奇观。"元好问《新轩乐府引》更明确而形象地道出了苏轼词的创新意义：

唐歌词多宫体，又皆极力为之。自东坡一出，情性之外，不知有文字，真有一洗万古凡马空气象，虽时作宫体，亦岂可以宫体概之？

所论是具眼而又持平之见。明确地以"婉约"与"豪放"概括两种不同风格流派，则是从明朝张綖《诗余图谱》：

词体大略有二：一体婉约，一体豪放。婉约者欲其词调蕴藉，豪放者欲其气象恢宏。然亦存乎其人，如秦少游之作，多是婉约；苏子瞻之作，多是豪放。

豪放词一改花前月下、院落笙歌的传统题材，如被视为宋代豪放词先声的范仲淹的《渔家傲·秋思》，以塞下、寒秋、边声、千嶂、长烟、落日、孤城、羌管、严霜的诸般意象，表现戍边将士的抱负、情怀，营造出苍凉悲壮的意境，让人有慷慨生哀之感。苏轼词名篇《念奴娇·赤壁怀古》自是关西大汉执铁板而唱之所宜。又如：

江汉西来，高楼下，葡萄深碧。犹自带、岷峨雪浪，锦江春色。

——《满江红》（节选）

堪笑兰台公子，未解庄生天籁，刚道有雌雄，一点浩然气，千里快哉风。

——《水调歌头·黄州快哉亭赠张偓佺》（节选）

我梦扁舟浮震泽，雪浪摇空千顷白。觉来满眼是庐山，倚天无数开青壁。

——《归朝欢》（节选）

其笔力之刚健排宕，造境之开阔雄奇，确令人有万斛泉源奔涌、挟海上风涛云气之感。苏轼词之中，既有游仙之作如"古来云海茫茫，道山绛阙知何处""行尽九州四海，笑纷纷、落花飞絮"（《水龙吟》）的偏于"虚"，又有出猎之作如"老夫聊发少年狂，左牵黄，右擎苍，锦帽貂裘，千骑卷平冈"（《江城子》）的偏于"实"，二者都近于"雄"。而"路漫漫，玉花翻，银海光宽，何处是超然？"（《江神子·冬景》）、"桂魄飞来，光射处，冷浸一天秋碧""水晶宫里，一声吹断横笛"（《念奴娇·中秋》），则偏于"清"，与著名的《水调歌头》（中秋词）同调。至如《定风波》的"谁怕？一蓑烟雨任平生""归去，也无风雨也无晴"，《浣溪沙》的"谁道人生无再少？门前流水尚能西！休将白发唱黄鸡"，则与《念奴娇·赤壁怀古》共有一个"旷"字。无论是"雄"，是"清"，是"旷"，都可以"豪放"概之。

"由道返气，言豪气是集义所生，根于道，故不馁。处得以狂，言忘怀得失，才能自得，超于世，故无累。不馁无累，自近豪放。"由是而言，旷达超然亦是豪放。

对于"豪放"内涵的辨析，还有一个是否协律的问题。

苏轼以其所作转变词坛风气后，不少论家从词的"倚声"特质出发，多有不协音律的指责。苏门弟子晁补之所言尚多回护之意，晁无咎云："东坡词小不谐律吕，盖横放杰出，自是曲子中缚不住者。"而李清照所说就显见不满了："至晏元献、欧阳永叔、苏子瞻学际一人，作为小歌词，直如酌蠡水于大海，然皆句读不葺之诗尔，又往往不协音律者。"（李清照《论词》）

宋代王灼以"东坡先生非醉心于音律者，偶尔作歌，指出向上一路，新天下耳目，弄笔者始知自振"（《碧鸡漫志》）辨之。胡仔则云："子瞻自言，平生不善唱曲，故间有不入腔处，非尽如此。"而沈义父不以上几位之概言之，而是作豪放、不豪放与协律、不协律的辨析。其《乐府指迷》云："近世作词者不晓音律，乃故为豪放不羁之语，遂借东坡、稼轩诸贤自诿。诸贤之词，固豪放矣，不豪放处，未尝不叶律也。"

这实际上是说，豪放词是不顾及音律的，而豪放词人所作的"不豪放"词，才是"未尝不叶律"。陆游也说："世言东坡不能歌，故所作乐府多不协律。晁以道谓'绍圣初与东坡别于汴上,东坡酒酣,自歌古阳关,则公非不能歌,但豪放不喜裁剪以就声律耳'。……试取东坡诸词歌之,曲终,觉天风海雨逼人。"(《老学庵笔记》)

由此,我们可以得出结论:豪放词人所作并非不协音律,不可简单对待。当然,以苏轼词为代表的豪放词,也确有"曲子中缚不住"的现象,词论家多有辨苏词名作《念奴娇·赤壁怀古》不谐音律者,即一个显例。其实,"豪放"虽非与协律对立,确也偶有挣脱音律的现象。如晁补之所言苏轼的"自是曲子中缚不住者",李调元《雨村词话》卷一所说的东坡"才大不肯受束缚",实又使协律问题回到了"风格即人"的论题上。清人万树《词律》中曾为苏轼辩解:"人每谓坡公词不协律,试观如此长篇(按,指《戚氏》),字字不苟,何尝不协乎?……奈何轻以失律讥之欤?"但苏词又确有不协律现象,这就很容易会使人想起苏轼及其他豪放词作者,在首先顾及词的内容时,常与其为人特点相生发。

故而,苏轼词为旷达超然的豪放词,其"不喜裁剪以就声律"是与其为人的"但豪放"密切相关、互为表里的。

苏东坡——我更喜欢这个称呼,比起"苏轼""苏子瞻"带有父辈殷殷期望与叮嘱的称谓,"苏东坡"这个名字,更随性,更自由,更符合他的性情。

东坡,原本是黄州城东一个不出名的小山坡,苏轼来到这里,建了草堂,开荒耕种,并取了东坡居士的名号,于是,东坡成了中国文学史上一道令人瞩目的风景线。

林语堂在《苏东坡传》中这样说：

像苏东坡这样的人物，是人间不可无一难能有二的。……我们未尝不可说，苏东坡是个秉性难改的乐天派，是悲天悯人的道德家，是黎民百姓的好朋友，是散文作家，是新派的画家，是伟大的书法家，是酿酒的实验者，是工程师，是假道学的反对派，是瑜伽术的修炼者，是佛教徒，是士大夫，是皇帝的秘书，是饮酒成癖者，是心肠慈悲的法官，是政治上坚持己见者，是月下的漫步者，是诗人，是生性诙谐爱开玩笑的人。可是这些也许还不足以勾绘出苏东坡的全貌。……苏东坡的人品，具有一个多才多艺的天才的深厚、广博、诙谐，有高度的智力，有天真烂漫的赤子之心。

喜欢苏东坡的真性情，他不会违背内心、曲意逢迎，新旧党争中，他显得不合时宜；

喜欢苏东坡的风趣幽默，他爱开玩笑，是个顶级的段子手，"河东狮子吼"就是他的发明创造；

喜欢苏东坡的随缘自适，他无论到哪，都能此心安处是吾乡；喜欢苏东坡的旷达，他无论风雨，都能一蓑烟雨任平生。

当然，最喜欢的还是苏东坡的诗词。

喜欢他的"人生到处知何似，应是飞鸿踏雪泥"，雪泥鸿爪的譬喻中透彻了他的反思；

喜欢他的"常恨此身非我有，何时忘却营营"，身不由己的悲叹中流露了他的无奈；

喜欢他的"十年生死两茫茫，不思量，自难忘"，生死相隔的感伤中寄寓了他的深情；

喜欢他的"大江东去浪淘金，千古风流人物"，多情应笑的华发中映衬了他的气度；

喜欢他的"人有悲欢离合，月有阴晴圆缺"，此事难全的感叹中映照了他的豁达；

喜欢他的"莫听穿林打叶声，何妨吟啸且徐行"，乐观旷达的感怀中显露了他的随性；

喜欢他的"横看成岭侧成峰，远近高低各不同"，移步换景的俯仰中尽显他的智慧；

喜欢他的"拣尽寒枝不肯栖，寂寞沙洲冷"，洁身自好的叹息中展现他的孤高；

喜欢他的"会挽雕弓如满月，西北望，射天狼"，壮士暮年的狂放中高歌他的豪放；

喜欢他的"哀吾生之须臾，羡长江之无穷"，浩瀚无际的江水中流溢出他的超然。

喜欢苏东坡，没有之一。

文学之旅小驿站

　　薄雾浓云愁永昼,瑞脑销金兽。佳节又重阳,玉枕纱厨,半夜凉初透。

　　东篱把酒黄昏后,有暗香盈袖。莫道不销魂,帘卷西风,人比黄花瘦。

——李清照《醉花阴》

文学之旅小贴士

　　李清照(1084—约1155),号易安居士,齐州章丘(今山东济南市章丘区西北)人。宋代著名女词人,婉约派代表。李清照出身名门,父亲李格非是当时著名学者,任礼部员外郎。18岁时李清照嫁于吏部尚书赵挺之(后任宰相)之子赵明诚,夫妻二人共同搜集金石字画,著成《金石录》。1127年靖康之难,赵明诚病逝,李清照经历国破家亡、夫死宝散,孤苦终老。

　　李清照多才多艺,诗词散文兼善,词作独步一时,自成风格(易安体),被誉为"词家一大宗"。

李清照《醉花阴》：人比黄花瘦

现在，我们一起穿越到南宋时期，去认识一代才女李清照，去体味她月满西楼的孤单，去聆听她眉间心上的轻叹。

李清照的词独具一家风貌，以其女性身份和特殊的经历写词，与其他需要假拟于女子身份写词的男性作家相比，有着"不隔"的优势，其作品塑造了个性鲜明的女性形象，深化了婉约词的情感深度和思想内涵。李清照的词善于从书面语言和日常口语里提炼出生动简洁的语言，自辟蹊径，语言清丽，善于运用白描手法，构成淡雅清疏的审美境界，被后人称为"易安体"。

李清照词作独步一时，流传千古，被誉为"词家一大宗"。一般而言，以南渡为界，她的词分前期和后期。前期多写其少女、少妇的悠游闲适生活，多描写爱情生活、闺情相思，声韵优美，笔调明丽欢快，如《一剪梅》等。后期词因其遭逢国破、家亡、夫死、宝散，感情悲苦，其词中充斥对往事的追忆和国破家亡的悲苦之情，风格变为低回婉转，凄苦深沉，情调悲伤，如《声声慢》等。

其实，李清照前期词中风格也并非如出一辙，其少女词明丽欢快、笔调活泼，如《点绛唇》：

蹴罢秋千，起来慵整纤纤手。露浓花瘦，薄汗轻衣透。
见客入来，袜刬金钗溜。和羞走，倚门回首，却把青梅嗅。

又如《如梦令》：

常记溪亭日暮，沉醉不知归路。兴尽晚回舟，误入藕花深处。
争渡，争渡，惊起一滩鸥鹭。

　　词中选取了几个生活片段，把风景和词人怡然的心情相结合，抒写了词人游赏之兴，其前期生活的悠游自在也隐约可见。
　　据《金石录序》："余建中辛巳，始归赵氏。时先君作礼部员外郎，丞相作礼部侍郎，侯年二十一，在太学作学生。"可知，宋徽宗建中靖国辛巳年（1101），18岁的李清照嫁于太学生赵明诚，两家门当户对，加之二人有共同的兴趣爱好——尽天下古文奇字之志，夫妻二人感情和美，其乐融融。初为人妇的李清照在词作中流露出一丝羞涩、几分甜美。二人即使小别，也多牵念。如《一剪梅》：

红藕香残玉簟秋，轻解罗裳，独上兰舟。云中谁寄锦书来？雁字回时，月满西楼。
花自飘零水自流，一种相思，两处闲愁。此情无计可消除，才下眉头，却上心头。

据元代伊世珍《琅嬛记》说："易安结褵未久，明诚即负笈远游。易安殊不忍别，觅锦帕书《一剪梅》词以送之。"

黄昇《花庵词选》中题作"离愁"，以其为别后所作，抒写别后思念赵明诚之作。词中"轻解罗裳，独上兰舟"，"轻"字已透出几分初为人妇的羞怯、怕人知的感觉。"雁字回时，月满西楼"中，"回"字暗示出两地情书的有来有回，并非如《声声慢》中"雁过也，正伤心，却是旧时相识"。"过"者，过客也，与己无关矣。月满西楼时，月圆人未圆的惆怅之感溢于言表。然而，"一种相思，两处闲愁"，虽有别离之苦，然两地相思，苦中亦有几分甜意。"闲愁"并非浓愁，只是一丝轻盈的叹息。

在我看来，这首词，是李清照少妇前期的典型代表。

而李清照另一首同样描写相思的少妇词《醉花阴》，风格低回婉转，已不再有《一剪梅》的开阔疏朗。

薄雾浓云愁永昼，瑞脑销金兽。佳节又重阳，玉枕纱厨，半夜凉初透。

东篱把酒黄昏后，有暗香盈袖。莫道不销魂，帘卷西风，人比黄花瘦。

据陈祖美《李清照评传》及诸葛忆兵《寒窗败几无书史，公路可怜合至此——试论莱州重逢之际李清照与赵明诚的一段感情纠葛》及马端芳、曹千里等多文考证，赵明诚再次出仕建康府时，已纳小妾，并携妾赴任，留李清照在家（李、赵二人无嗣）。

故而，此时的李清照生活孤独、寂寞、无聊，感情上也是相思无着落，已非"一种相思，两处闲愁"的甜蜜相思。重阳佳节，李清照一人独居在家，百无聊赖，消磨着难挨的时光，"半夜凉初透"的空虚冷寒，此时的"凉"远非身体上的寒意，更多的是心理上的冷寒。黯然销魂的伊人，已是"人比黄花瘦"。

据元代伊世珍《琅嬛记》：

> 易安以重阳《醉花阴》词函致赵明诚。明诚叹赏，自愧弗逮，务欲胜之。一切谢客，忘食忘寝者三日夜，得五十阕，杂易安作以示友人陆德夫。德夫玩之再三，曰："只三句绝佳。"明诚诘之。答曰："莫道不销魂，帘卷西风，人比黄花瘦。"正易安作也。

李清照以《醉花阴》词"函致赵明诚"，实则是明白地告诉赵明诚，自己独居在家的冷清寂寞，没有他在身边的日子里，自己百无聊赖；没有爱情的滋养，自己已憔悴如黄花。然而，此"愁情"为其"才情"所掩，赵明诚见词之后"明诚叹赏，自愧弗逮，务欲胜之"，这一反应，远非李清照本意所在。

这首词中就没有了两地相思、鸿雁传情，更多地传达出李清照独居的寂寞，是李清照少妇后期词典型代表。当然，此时的词中也远没有李清照晚年《声声慢》中的凄绝与哀婉。

从《一剪梅》到《醉花阴》，是李清照少妇生活的两种不同的状态，从相思无限、两地传情到孤单独居、冷清寂寞。这两种状态，反映到李清照的词作中，也就成为两种风格：疏朗开阔到低回婉转。

文学之旅小驿站

醉里挑灯看剑,梦回吹角连营。八百里分麾下炙,五十弦翻塞外声。沙场秋点兵。

马作的卢飞快,弓如霹雳弦惊。了却君王天下事,赢得生前身后名。可怜白发生!

——辛弃疾《破阵子·为陈同甫赋壮词以寄之》

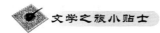 **文学之旅小贴士**

辛弃疾(1140—1207),字幼安,号稼轩,历城(今山东济南)人。辛弃疾词作题材广泛,多用典故内容丰富,词风豪迈悲凉。辛弃疾沿苏轼开创的豪放词一路发展,并在题材内容和艺术手法等方面进一步开拓。辛弃疾以文为词,不仅丰富了词的内容,也提高了词的表现力。辛弃疾有"词中之龙"之称,与苏轼合称"苏辛",与李清照并称"济南二安"。

辛弃疾：醉里挑灯看剑

来到南宋，除了温婉的李清照，我们还应该去认识一位风格截然不同的词人——辛弃疾。辛弃疾是南宋时期的著名词人，豪放派代表作家，与苏轼并称为"苏辛"。

其实，除了我们所知道会写诗写词之外，辛弃疾在南宋还是一名抗金将领，文武全才，一代名将。

如果你以为写下"东风夜放花千树，更吹落，星如雨"的辛弃疾是个文弱书生，那你就大错特错了！辛弃疾虽然写诗、写词，有600多首词，是两宋存词最多的作家；但这只是辛弃疾的业余爱好而已，辛弃疾恐怕不会承认自己只是个词人。

在中国军事史上，辛弃疾绝对是一个不可多得的将帅之才：他曾率五十骑直入敌人数万军中擒获敌军首领张安国；他曾只用3个月就彻底平定茶商军；他曾提出大规模跨海登陆作战计划（中国历史上第一次）。

辛弃疾出生在山东，当时北方已为金人所占，这注定了辛弃疾的"归正人"身份，也注定了辛弃疾不能被委以重任。

但辛弃疾自幼就有收复失地的决心，22岁的辛弃疾就聚集了

2000人，一起参加耿京的抗金义军，并在军中掌书记。不久，跟辛弃疾一起投奔耿京的一个小头目义端，偷了帅印跑去金军那里投敌邀功。辛弃疾千里走单骑，追了三天三夜，在去金营的路上斩杀义端，追回帅印。

公元1162年，辛弃疾奉命南下到建康去见宋高宗，与南宋朝廷联络。当辛弃疾完成任务返回时，却发现义军领袖耿京已被叛徒张安国杀害，义军溃散。辛弃疾当即率部下五十骑，直入数万人的张安国大营，擒获叛徒张安国，并带着他返回建康，将其交朝廷处置。

辛弃疾也因此名震一时，他的勇气和果敢，震惊了世人，23岁的辛弃疾被南宋朝廷任命为江阴签判。

辛弃疾回归南宋朝廷之后慷慨激昂，想要收复北方失地，曾献《美芹十论》《九议》等文章给朝廷，陈述自己的抗金主张和治国方略，然而这些主张与当时朝廷的主和派主张格格不入，所以，并未得到朝廷的采纳。

之后的数十年间，辛弃疾辗转于江西、湖南、福建等地做守臣，曾用3个月时间，将在湖北、湖南、江西、广东等地引起了很大骚动的茶商军彻底平定。此后他力排众议成立飞虎军，这是整个南宋最精锐的部队。

淳熙八年（1181），42岁的辛弃疾被弹劾落职，退居江西上饶，并取"人生在勤，当以力田为先"之意，自号为稼轩。

宋宁宗时期，主战派韩侂胄当权，起用一批主张抗金的人，时年64岁的辛弃疾被再次起用，担任浙东安抚使、镇江知府等职，积极备战抗金。

然而不久,辛弃疾又被谏官弹劾降职,辛弃疾心灰意冷,推辞不任职。开禧三年(1207),朝廷再次起用辛弃疾为枢密都承旨,让他速到临安府赴任,然而此时68岁的辛弃疾已重病在身,不久就忧愤而亡了。据说,辛弃疾在临终之前还在大呼"杀贼,杀贼"。

所以,辛弃疾将自己的怀才不遇、壮志难酬揉碎在词里,抒发着山河破碎、壮志成空的悲哀和忧愤。例如:"把吴钩看了,栏干拍遍,无人会,登临意。""倩何人,唤取红巾翠袖,揾英雄泪?""想当年,金戈铁马,气吞万里如虎。""醉里挑灯看剑,梦回吹角连营。"

辛弃疾的词里,有戎马倥偬的沙场生活,有强烈的战斗精神,有英雄末路的悲哀。种种复杂矛盾的思想感情,交织在辛弃疾的作品里,形成了辛弃疾词所特有的苍凉豪壮、沉郁雄奇的风格。

我们现在站在历史的角度来看辛弃疾,只能为他惋惜,辛弃疾在他的时代里,是能够安邦定国的将帅之才。然而他也无法超越那个时代,只能空怀一腔报国志,终究无力回天。

第五编

元明清：文学的再变

穿越时光的隧道，我们的文学之旅继续前行。告别了唐宋的繁华与风流，我们来到了元明清时代，这里是我国文学史上又一个重要的转折点，是文学形式与内容再次发生深刻变革的时期。

元代，是我国历史上第一个由少数民族建立的大一统王朝，走入元代我们仿佛置身于一片诗文的荒漠之中。在这片看似荒芜的土地上，偶尔也能见到几抹绿意，那是虞集、杨载、范梈、揭傒斯等文人墨客留下的诗篇。他们虽寂寞行吟，却也在元代的文学史上留下了独特的印记。然而，在这寂寞之外，却有一份属于民众的热闹。勾栏瓦肆中，生旦净末丑纷纷登场，戏曲这一新兴的文学形式风靡全国，也带来了文学上的新气象。散曲，以其独特的魅力，逐渐在文坛上崭露头角。元曲四大家关汉卿、马致远、郑光祖、白朴，用他们的才华和热情，为我们展现了元代戏曲的繁荣与辉煌。与此同时，元曲作为元代文学的瑰宝，更是达到了前所未有的高度。特别是王实甫的《西厢记》，以细腻的笔触和动人的情感，让我们见证了莺莺和张生"有情人终成眷属"的美好期望。

时光荏苒，我们步入明代。此时的诗文一度中兴，但文化专制却空前严重。在这样的背景下，文人骚客们更多地在典籍整理中寄兴感慨。汤显祖的《牡丹亭》便是在这样的背景下诞生的。这部被誉为"东方的莎士比亚"的杰作，以其"原来姹紫嫣红开遍，似这般都赋予断井颓垣"的感伤之情，让我们和杜丽娘一起领悟了生命的无常与爱情的伟大。在明代文学史上，《牡丹亭》无疑是一部具有特殊文化意义的作品。

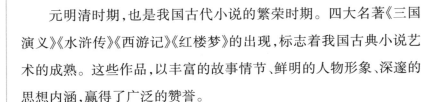

元明清时期,也是我国古代小说的繁荣时期。四大名著《三国演义》《水浒传》《西游记》《红楼梦》的出现,标志着我国古典小说艺术的成熟。这些作品,以丰富的故事情节、鲜明的人物形象、深邃的思想内涵,赢得了广泛的赞誉。

清初,有一位被誉为"国初第一词手"(况周颐语)的纳兰性德。他的词作情感真挚、意境深远,让我们在"等闲变却故人心"的伤感中追忆只如初见的美好。纳兰性德的词作不仅代表了清代词坛的最高成就,也为我们展现了一个真实而丰富的内心世界。

清代,是我国古代文学的集大成时期。这一时期,各种文学形式得到了充分的发展和完善。小说、诗词、散文、戏曲等各个领域都涌现出了一批批杰出的作家和作品,尤其是小说这一文学形式尤为繁荣。蒲松龄的《聊斋志异》为我们记述了一个鬼怪乱离的世界,让我们认识了几位异禀的妖魅。而吴敬梓的《儒林外史》则为我们展现了科举制度下儒生的血泪史,让我们探寻到几位失意的举子。当然,最不能忽视的便是曹雪芹的《红楼梦》,这部被誉为我国古代四大名著之首的巨著,不仅是我国文学的巅峰之作,也是一部包含历史、文化、哲学等多方面内容的百科全书。在《红楼梦》这座巨大的宝藏中,我们可以尽情地寻宝探宝。

元明清时期,是文学的再变与转型。这些变革和转型,不仅丰富了我国古代文学的内涵和形式,更为我们今天的文学创作提供了宝贵的借鉴和启示。

我们一路走来,在文学的海洋中遨游,感受那些跨越时空的经典之作所带来的震撼与感动。

文学之旅就此也即将结束,但留给我们的却是无尽的思考和感悟。这些文学作品不仅展现了中华民族的智慧与才华,也让我们在穿越古今的过程中领略到了不同时代、不同文化背景下的文学魅力。

文学之旅小驿站

【正宫端正好】碧云天，黄花地，西风紧，北雁南飞。晓来谁染霜林醉？总是离人泪。

【四煞】这忧愁诉与谁？相思只自知，老天不管人憔悴。泪添九曲黄河溢，恨压三峰华岳低。到晚来闷把西楼倚，见了些夕阳古道，衰柳长堤。

【一煞】青山隔送行，疏林不做美，淡烟暮霭相遮蔽。夕阳古道无人语，禾黍秋风听马嘶。

【收尾】四围山色中，一鞭残照里，遍人间烦恼填胸臆，量这些大小车儿如何载得起？

——王实甫《西厢记》第四本第三折摘选

文学之旅小贴士

王实甫，生卒年不详，一说名德信，大都(今北京)人，元代著名杂剧作家。王实甫杂剧存目 14 种，现完整流传的有《西厢记》《丽春堂》《破窑记》3 种。王实甫的杂剧，辞采华美，富有风韵是中国戏曲史上"文采派"的杰出代表。

《西厢记》通过崔莺莺、张生的爱情纠葛，热情地歌颂了古代青年为追求纯真爱情和自主婚姻的合理性与正当性，对以老夫人为代表的封建顽固势力进行了公开的抨击，提出了"愿普天下有情的都成了眷属"的婚姻理想。

《西厢记》:才子佳人　终成眷属

行至元代,于诗文的荒漠中偶见绿意,虞、杨、范、揭(虞集、杨载、范梈、揭傒斯),寂寞行吟。在这寂寞之外,有一份属于民众的热闹,勾栏瓦舍,生旦净末,戏曲风靡全国。关、马、郑、白(关汉卿、马致远、郑光祖、白朴)的杂剧之外,我们一起跟随王实甫的《西厢记》去实现崔莺莺和张生"有情人终成眷属"的美好期望。

《西厢记》,全称《崔莺莺待月西厢记》,也叫《王西厢》《北西厢》。《西厢记》中写了张生和崔莺莺追求爱情终成眷属的故事,张生对崔莺莺一见钟情,经历了种种磨难,最终张生考中状元,与崔莺莺喜结连理。

《西厢记》里张生和崔莺莺的故事蓝本,就是唐代元稹的一篇传奇《莺莺传》。《莺莺传》讲述的是张生与姨母郑氏的女儿崔莺莺恋爱又始乱终弃的故事。在《莺莺传》里,莺莺是名孀妇,对张生"自荐枕席"主动示爱。后来张生进京赶考,考中之后另娶他人,抛弃莺莺,莺莺委身他人,这里是一个悲剧结尾。《莺莺传》里可以看出,女子没有选择的权利,只能被选择、被抛弃,一切都是因为这是一个男尊女卑的社会。

那么,莺莺的故事为什么从《莺莺传》的始乱终弃变成了《西厢记》的终成眷属大团圆结局呢?

第一,我们不可忽略的是作者所处的时代。王实甫生活在元初,元代为蒙古族统治的朝代,元初的统治者对于汉文化重视度不高,甚至还有些蔑视。《郑所南集》中记载了当时对于人的阶层划分:"一官、二吏、三僧、四道、五匠、六工、七猎、八民、九儒、十丐。"儒生,也就是知识分子,被放在第九等的位置,仅高于乞丐。那么,在这样的时代环境下,读书识字近乎是一种耻辱了。我们可以想象,如果大部分民众不识字,那么阳春白雪自然曲高和寡。于是,通俗的戏曲作为下里巴人就风靡一时了。大团圆结尾的戏剧,在这个时代是备受推崇的。王实甫《西厢记》大团圆结尾便是顺应了这一时代潮流,也是一种无可奈何的时代局限。

第二,我们应该从戏剧本身的结构来看待大团圆结局。戏剧的结尾是戏剧结构中非常重要的部分,我们常常说悲欢离合,最终的落脚点是"合",这也是人们在观看戏剧时的心理需求。元杂剧的结构一般为一本四折,四套曲子大致和戏剧故事情节的开端、发展、高潮、结局四个段落相对应。当然《西厢记》打破了元杂剧一本四折的体例,采用五本二十一折的鸿篇巨制,其实是用多本杂剧连演一个故事。那么这么长的剧本,结局的情节就需要更加精心设计。长长的篇幅可以让主人公经历多个磨难,但最终应该是好事多磨终成事,佳期难得自有期。所以,《西厢记》大团圆的圆满结局,是本剧结构水到渠成的结果。

第三,民众审美心理同样不可忽视。我们中华民族的审美心理追求幸福圆满的结局,大团圆的结局既合人情,又能满足观众的心理要求,这是我们民族的道德观决定的,也是民众朴素善良的愿望。大团圆结局是"满足心意,皆大欢喜",张生和崔莺莺的爱情在长长的剧本中历尽磨难,最终有情人终成眷属,观看的民众也在这大团圆的结局中得到了心理和意愿的满足。尤其是在艰难的现实生活中人们需要一种情感的宣泄和慰藉,需要在戏剧中寻找一份心理的补偿,大团圆的喜剧结局,就让民众的这种心理得到满足。所以,大团圆的圆满结局,在道德情感层面更能引起底层民众的强烈共鸣。

《西厢记》大团圆的结局在当时是有进步意义的,这个结局打破了婚姻中门当户对的门第观念,写出了叛逆者的最终胜利,实现了"愿天下有情人终成眷属"这一美好愿景,表达了进步的婚姻观。

另外,在这部作品中,红娘的作用不可忽视,明末清初文学批评家金圣叹曾高度评价红娘:

世间有斤两,可计算者,银钱;世间无斤两,不可计算者,情义也。如张生、莺莺,男贪女爱,此真何与红娘之事,而红娘便慨然将千金一担,两肩独挑,细思此情此义,真非秤之可得称,斗之可得量也。

在这个有情人终成眷属的故事中,红娘起到了不可或缺的媒介作用。红娘是崔莺莺的贴身婢女,没有红娘的传书递简,就没有张生崔莺莺的待月西厢。随着《西厢记》的流传，民间将"红娘"作为媒人的代称，成为一个专有名词。

崔莺莺故事的结局从最初的始乱终弃，变成了终成眷属，一定层面上都反映了民众对爱情的美好寄寓。无论是红娘的形象塑造还是故事的结局流变，一定程度上也是《西厢记》广为流传、影响深远、深入人心的体现。

文学之旅小驿站

【皂罗袍】原来姹紫嫣红开遍，似这般都付与断井颓垣。良辰美景奈何天，赏心乐事谁家院！恁般景致，我老爷和奶奶，再不提起。朝飞暮卷，云霞翠轩；雨丝风片，烟波画船——锦屏人忒看的这韶光贱！

——汤显祖《牡丹亭》第十出《惊梦》选段

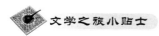

文学之旅小贴士

汤显祖(1550—1616)，字义仍，号海若、若士，别署清远道人，临川(今江西抚州)人，明代传奇"临川派"代表人物。汤显祖自幼聪颖好学，21岁中举。先后任南京太常寺博士、礼部祠祭司主事等职。后因作《论辅臣科臣疏》，批评朝政，被贬为广东徐闻典史，后调任浙江遂昌知县。49岁时辞官归隐，潜心戏曲创作。代表作有《牡丹亭》《邯郸记》《南柯记》《紫钗记》四种，合称"玉茗堂四梦"或"临川四梦"。

《牡丹亭》是汤显祖的代表作之一，也是中国戏曲史上杰出的作品之一。全剧共五十五出，结构宏大，情节曲折离奇，语言典雅清丽，在"情"与"理"的冲突中，汤显祖提出了可以超越生死的"至情"论。

《牡丹亭》:以情反理 至情至性

行至大明,诗文一度中兴,然而文化专制空前,文人骚客更多在典籍整理中寄兴感慨。我们将在"原来姹紫嫣红开遍,似这般都付与断井颓垣"的感伤中,和杜丽娘一起领悟《牡丹亭》的特殊文化意义。

《牡丹亭》是明代汤显祖的作品,汤显祖被誉为"东方的莎士比亚"。汤显祖的代表剧作就是"临川四梦",《牡丹亭》是其中之一。汤显祖说:"一生四梦,得意处惟在牡丹。"也就是说,汤显祖自己最看好的就是这部《牡丹亭》。

《牡丹亭》原名《还魂记》,故事情节来源于明代的话本《杜丽娘慕色还魂》。《牡丹亭》讲述了杜丽娘与柳梦梅的爱情故事。

杜丽娘曾在梦中与一手持柳枝的书生在牡丹亭畔幽会。此后,她便因梦生情,伤情而死,葬于牡丹亭畔。三年后,柳梦梅赴京应试,借宿梅花庵,在太湖石下拾得杜丽娘画像,发现画中人就是他三年前梦中所见佳人。杜丽娘魂游后园,与柳梦梅再度幽会。柳梦梅掘墓开棺,杜丽娘起死回生,两人私自结为夫妻。后柳梦梅考中状元,皇帝恩准,终得圆满。

《牡丹亭》戏核部分是第十出《惊梦》,在这一出里,杜丽娘春日游园(她从来不知道自己家府邸后有座偌大的园子),当杜丽娘面对花园里姹紫嫣红开遍的花和断井颓垣的破败之景,伤春之情油然而生。

"原来姹紫嫣红开遍,似这般都付与断井颓垣。良辰美景奈何天,赏心乐事谁家院!"最打动人的这段唱词,也是杜丽娘青春苦闷的心声。自己就如同这姹紫嫣红一般,天生丽质,却只能徒对四壁,青春虚付,怎不令人感伤?! 青春的苦闷,精神的压抑,不言而喻。游园之后,梦到与书生幽会,惊梦之余,自怨自艾,伤情伤身。即便如此,杜丽娘也不敢将心事示人,以致郁郁而亡。

在现实的世界里,杜丽娘只能如此,她无法抗拒礼教的约束,无法追求自由的爱情,这一点,杜丽娘与崔莺莺无法相比。

杜丽娘对于爱情的追求,是在还魂之后。还魂之后的杜丽娘完全抛开了礼教束缚,大胆主动地与柳梦梅幽会,以身相许,二人终成眷属。所以,《牡丹亭》里,"梦而死""死而生"这样的情节设置,实则是"情"与"理"的矛盾冲突。在《牡丹亭》中,"情"最终战胜了"理";但在当时的社会现实中,"杜丽娘们"依然在苦闷与压抑中颓然叹息。

这个故事本身没毛病,但是,细心的我们会发现,在《牡丹亭》里,杜丽娘与柳梦梅的"爱情"其实是有很大问题的。

其一,梦中幽会时,两人素昧平生,互不相识,见面之后两句话不说,柳梦梅就抱起杜丽娘去往牡丹亭畔,温存一晌眠。这似乎与

"情"无关,只是欲望的体现。

其二,书斋相见时,杜丽娘鬼魂归来,柳梦梅并未识得,杜丽娘称自己是邻家姑娘,慕先生神采而来,柳梦梅不假思索将其留宿。这节奏也让人不禁咋舌。

以我们现在开放的眼光来看,《牡丹亭》中杜丽娘与柳梦梅的行为都是比较激进的,甚而谈不上是爱情,因为根本没有谈情说爱的过程就直奔了欲望的主题。

汤显祖为什么要这样处理故事情节呢? 完全可以去设置一个青梅竹马或者指腹为婚的故事,让两人的交往有理有据。但汤显祖没有这样写,究其原因,就在于对当时"存天理、灭人欲"的反抗。

"存天理、灭人欲"本来是朱熹理学思想的重要观点之一,这里所说的"人欲"是指超出人的基本需求的欲望,如私欲、淫欲、贪欲等。但是一种思想被极度宣扬的时候,就可能会出现偏颇。明代的理学家在倡导"存天理、灭人欲"时,却把人基本需求的欲望也一并去除了。这,就成为一种极端了。

在思想高压下,《牡丹亭》更像一个青春期叛逆的孩子,家长不允许我做什么,我偏偏要做什么。你们提出"存天理",我偏要以情反理;你们提出"灭人欲",我偏要把欲望放在前面,突破禁欲主义。这也是《牡丹亭》在当时社会特殊的文化意义所在。

《牡丹亭》特殊的文化意义就在于以情反理,反对(抑或说反抗)当时处于正统地位的理学思想,崇尚个性解放,突破禁欲主义,在思想和文化层面肯定和提倡人的情感价值。

有人可能觉得，叛逆的孩子，未必会有人赞赏。《牡丹亭》这么极端激进，在当时的社会，可能不会有很多人追捧。实际上却恰恰相反，《牡丹亭》一出，人们争相观看，一时之间，"几令《西厢》减价"。

传说当时很多女子看到《牡丹亭》之后，在杜丽娘身上找到了自己的影子：

娄江女子俞二娘，因为读《牡丹亭》17岁伤情断肠而亡；

杭州女伶商小伶，在演《牡丹亭》"寻梦"一场时，入戏太深，伤心而死；

杭州冯小青独居孤山，写下"冷雨幽窗不可听，挑灯闲看《牡丹亭》。人间亦有痴于我，岂独伤心是小青"的诗句，凄怨而亡。

这就说明，杜丽娘的人物形象，在当时具有一定的典型性和广泛的代表性，在那个时代里，有许许多多的杜丽娘，她们有杜丽娘一样的遭遇、有杜丽娘一样的渴望，当然，也有杜丽娘一样的抗争精神。

杜丽娘在由生而死、由死而生的斗争过程中实现了自己追求个性解放和幸福生活的理想，这也是当时很多女子心中的理想。

汤显祖在《牡丹亭·题词》中写道："情不知所起，一往而深。生者可以死，死可以生。生而不可与死，死而不可复生者，皆非情之至也。"

这就是著名的"至情论"，《牡丹亭》对于"情"的演绎，上承《西厢记》，下启《红楼梦》，让后世无数人为之感慨。

　　然而，至情至性的人物，只是在舞台上顾盼生情的表演中；至情至性的生活，也只是在戏文中幽闺自怜的叹息里。

　　千载丽人泪，一曲《牡丹亭》。至情至性人，才子佳人情。这就是以情反理的《牡丹亭》，这就是至情至性的《牡丹亭》。

文学之旅小驿站

人生若只如初见，何事秋风悲画扇。等闲变却故人心，却道故人心易变。

骊山语罢清宵半，夜雨霖铃终不怨。何如薄幸锦衣郎，比翼连枝当日愿。

——纳兰性德《木兰花·拟古决绝词柬友》

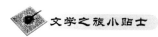
文学之旅小贴士

纳兰性德（1655—1685），清朝初年的著名词人，满洲正黄旗人，原名成德，字容若，号楞伽山人。纳兰性德自幼饱读诗书，文武兼修，其词作情感真挚，意境深远，被况周颐尊为"国初第一词人"。

《木兰花·拟古决绝词柬友》是一首情感丰富、意境深远的词作。它以女子的口吻述说与爱人决绝后的痛苦和无奈，同时也隐含了对友人的劝诫和期望。整首词情感真挚、动人心弦，让人在阅读中不禁为之动容。

《人生若只如初见》：等闲变却故人心

举步至清初，我们一起跟随历史的脚步去认识一位身份特殊的才子，他就是纳兰性德。

纳兰性德，工诗文、擅骑射，可以称得上文武全才，他出身显贵，父亲是康熙时期权倾朝野的重臣纳兰明珠，母亲为皇室之女。可以说，纳兰性德的一生注定是荣华富贵，可他却是"身在高门广厦，常有山泽鱼鸟之思"。

纳兰性德现存世词作有348首，内容涉及爱情、友情、写景、咏物、咏史、杂感等方面。纳兰有着极真的性情，王国维先生曾在《人间词话》里高度赞扬纳兰性德："纳兰容若以自然之眼观物，以自然之舌言情。此由初入中原未染汉人风气，故能真切如此。北宋以来，一人而已。"

《木兰花·拟古决绝词柬友》是一首拟古词，《古决绝词》一般是以女子的口吻来写，内容多是控诉男子的薄情寡义，表达自己的决绝之意，如古辞《白头吟》，唐代的元稹写过《古决绝词三首》。题目中"柬友"二字似乎标明这首词不是写爱情的，是写友情的，也许纳兰是借爱情喻友情，也许是想告诉朋友友情也该如爱情一样矢志不渝吧！不管他想对朋友表达什么，都不影响这首词成为他久负盛名的作品：

人生若只如初见，何事秋风悲画扇。等闲变却故人心，却道故人心易变。

骊山语罢清宵半，夜雨霖铃终不怨。何如薄幸锦衣郎，比翼连枝当日愿。

这首词用了两个典故。一个是秋风悲画扇，这是班婕妤的故事，班婕妤是汉成帝的宠妃，曾经专宠一时，但赵飞燕、赵合德姐妹入宫之后就失宠了，相传她写下《团扇歌》抒发失意的感慨：

新制齐纨素，皎洁如霜雪。

裁作合欢扇，团圆似明月。

出入君怀袖，动摇微风发。

常恐秋节至，凉意夺炎热。

弃捐箧笥中，恩情中道绝。

另一个典故就是李杨之事，"骊山语罢清宵半，夜雨霖铃终不怨。何如薄幸锦衣郎，比翼连枝当日愿"。唐玄宗李隆基和杨玉环这段旷古凄绝的爱情故事，晚唐诗人李商隐曾经在《马嵬》一诗中表达了自己的嘲讽：

> 海外徒闻更九州，他生未卜此生休。
>
> 空闻虎旅传宵柝，无复鸡人报晓筹。
>
> 此日六军同驻马，当时七夕笑牵牛。
>
> 如何四纪为天子，不及卢家有莫愁。

在很多人眼中，"到底君王负前盟，江山情重美人轻"，骊山清宵，夜雨霖铃，一代君王虽有"在天愿作比翼鸟，在地愿为连理枝"的誓愿，终也只能留下"此恨绵绵无绝期"的遗憾。

引用这两个典故，纳兰想要表达的究竟是什么呢？

班婕妤被弃之后，对成帝并无怨恨，相反，成帝去世之后，班婕妤自愿去为成帝守陵。杨玉环被唐玄宗下诏赐死，却是"夜雨霖铃终不怨"。这两个典故中的主人公都是被弃而不怨不恨的典型，纳兰在这里使用这两个典故，也许是要表达朋友之间即便离弃，也应不恨不怨。《史记·乐毅列传》中说："君子交绝，不出恶声。"纳兰所说大概就是这个意思吧。

单单从词的字面句意上理解，这首词也让人不禁惊叹。初见的美好，如惊鸿一瞥，灿若星辰，久久难忘，历久弥新。人生若只如初见，便没有后来的怨与恨。读到这里，我想到张爱玲的短篇小说《爱》，故事中的她在历尽红尘之后，还常常记起与那个青年初见时的场景：

于千万人之中遇见你所遇见的人，于千万年之中，时间无涯的荒野里，没有早一步，也没有晚一步，刚好遇见了，也没有别的话可说，只是轻轻地问一句：哦，你也在这里么？

　　"等闲变却故人心，却道故人心易变。"不久前，曾听到两个男孩子随意聊天，话题是他们初中时喜欢的女孩子。那时，他们都有自己心仪的女生。而且，在他们眼中，当初的那个女孩子是卓尔不凡的。

　　但现在再谈起，有家有业的他们突然觉得，那个自己曾心仪的她现在看来却已很普通。

　　其实，在我看来，他们的心情只是一句话而已——等闲变却故人心！

　　也许，当初你十分心仪的她，后来却变得十分平常了，可能并非因为她容颜的转换，而是因为你的心境变了。你喜欢她时，她就是卓尔不凡的；而你不再喜欢时，她就成了失去光环的凡人了。

　　于是，不得不感慨——人生只若如初见！

　　于是，不得不惊觉——等闲变却故人心！

文学之旅小驿站

披萝带荔,三闾氏感而为《骚》;牛鬼蛇神,长爪郎吟而成癖。自鸣天籁,不择好音,有由然矣。松,落落秋萤之火,魑魅争光;逐逐野马之尘,罔两见笑。才非干宝,雅爱搜神;情类黄州,喜人谈鬼。闻则命笔,遂以成编。久之,四方同人,又以邮筒相寄,因而物以好聚,所积益夥。

——蒲松龄《聊斋自序》节选

 文学之旅小贴士

蒲松龄(1640—1715),字留仙,一字剑臣,号柳泉居士,淄川(今山东淄博市淄川区)人。蒲松龄出身于书香世家,然家道中落,自幼由父亲启蒙教读,19岁时以县、府、道三个第一考中秀才,之后却屡试不中,直到72岁才援例补为岁贡生。蒲松龄穷毕一生精力创作出的文言短篇小说集《聊斋志异》,是中国文言短篇小说的巅峰之作。

《聊斋志异》:魑魅魍魉　孤愤之书

　　清代,小说繁荣。在短篇小说《聊斋志异》中多有魑魅魍魉,现在我们跟随历史的脚步,一起去认识几位异禀的妖魅,去解读聊斋先生的孤愤。

　　《聊斋志异》,简称《聊斋》,又名《鬼狐传》,是清朝蒲松龄的文言短篇小说集,记述了鬼怪乱离的世界。聊斋,就是蒲松龄的书斋名。志异,可以看出这是延续了南北朝时期的志怪小说,从这里也可以知道,这部小说的主要内容就是鬼怪故事(异)。

　　《聊斋志异》里收录了491篇鬼怪故事,历时40多年才得以成书,可以说基本包括蒲松龄从20多岁到60多岁的全部工作年龄,几乎是蒲松龄花费毕生精力收集素材撰写而成的。

　　那么,蒲松龄为什么要写《聊斋志异》,他又想通过这部书表达什么呢?

　　蒲松龄在《聊斋自序》中说:"才非干宝,雅爱搜神;情类黄州,喜人谈鬼。闻则命笔,遂以成编。"这句话表明,创作《聊斋志异》的最主要原因是自己喜欢这个题材,对鬼怪故事非常感兴趣,于是听到就收集记录,进而形成了这部书。《聊斋自序》有云:"集腋为裘,妄续幽冥之录;浮白载笔,仅成孤愤之书。寄托如此,亦足悲矣。"这段话写出了蒲松龄创作《聊斋志异》的初衷,通过写鬼怪故事抒发自己心中的孤愤,也就是用"志异"抒写"孤愤"。

蒲松龄的《聊斋志异》是用传奇笔法来写志怪,也就是说他不是为谈鬼而谈鬼,也不是为了"搜奇记逸"而写鬼狐怪异,而是为了寄托他对现实社会的不满。他在写鬼怪的时候,其实是在写人的生活,他是借笔下的鬼狐世界来影射社会现实。比如,《席方平》的故事,借幽冥世界的黑暗影射现实官场;《梦狼》的故事,用梦境中的狼世界影射"官虎吏狼"的官吏;等等。

《聊斋志异》里有70多篇是与科举相关的,约占全部篇目的七分之一。所以,对于聊斋先生蒲松龄而言,他心中的孤愤可能更多地体现在对科举制度的不满。

我们先了解一下蒲松龄的科举之路,继而就能理解他对科举的"耿耿于怀"!

蒲松龄的科举之路从19岁开始。19岁那年,蒲松龄开始参加科举考试,初应童生试,当时的考官是山东学政施闰章,蒲松龄以县、府、道三试第一补博士弟子员,可谓崭露头角、初露锋芒,似乎他的科举之路应该是一片坦途。

然而,让我们诧异的是,蒲松龄之后屡考不中:

顺治十七年(1660),蒲松龄应乡试未中,这一年,他21岁;

康熙二年(1663),蒲松龄应乡试未中,这一年,他24岁;

康熙十一年（1672），蒲松龄应乡试未中，这一年，他33岁；

康熙十四年（1675），蒲松龄应乡试未中，这一年，他36岁；

康熙二十六年（1687），蒲松龄应乡试，因"越幅"被黜，这一年他48岁；

康熙二十九年（1690），蒲松龄应乡试，再次犯规被黜，这一年他51岁；

康熙四十一年（1702），蒲松龄应乡试未中，这一年他63岁；

康熙五十年（1711），蒲松龄赴青州考贡，为岁贡生，这一年他72岁。

蒲松龄19岁考中秀才，72岁才成为贡生。这漫长而坎坷的科举之路，我们只是看着都觉得心累。真是佩服蒲松龄的恒心和毅力呀！

有志者事竟成，破釜沉舟，百二秦关终属楚；

苦心人天不负，卧薪尝胆，三千越甲可吞吴。

这是我们比较熟悉的一副励志对联，这副对联就是蒲松龄写给自己的落第自勉联。我们之前可能只知道这对联里的恒心和决心，却不承想，这对联背后却是辛酸又心酸的屡次落第！

正是因为蒲松龄有长长的科举经历，所以，他对科考这件事感受非常深刻。于是，在《聊斋志异》里，他对科举弊端无情抨击和揭露,比如在《司文郎》《三生》里批判考官昏聩不识人才,在《考弊司》《于去恶》里揭露科场黑暗公然贿赂,在《贾奉雉》《叶生》里抨击考试荒谬。所有这些,都是蒲松龄心中的不平与块垒,也是他借《聊斋志异》抒发的"孤愤"。

蒲松龄在写《聊斋志异》的时候,不是为了用鬼怪吓唬人,而是想要传达出他对现实的不满与抨击,所以,我们看到《聊斋志异》里鬼狐怪异的故事时,要用心去体会蒲松龄先生的孤愤与不平。

文学之旅小驿站

迫吴敬梓《儒林外史》出，乃秉持公心，指摘时弊，机锋所向，尤在士林；其文又戚而能谐，婉而多讽：于是说部中乃始有足称讽刺之书。

——鲁迅《中国小说史略》

文学之旅小贴士

吴敬梓（1701—1754），字敏轩，号粒民，晚年自号文木老人，安徽全椒人。吴敬梓出身官宦世家，工诗文，性豪放，但一生坎坷，晚年迁居金陵秦淮河畔穷困终老。著有《儒林外史》《文木山房诗说》《文木山房集》等。

《儒林外史》代表着中国古代讽刺小说的高峰，全书共五十六回，以写实主义手法描绘各类人士对于"功名富贵"的不同表现，反映了当时社会的科举制度、官场腐败、礼教虚伪等现象，开创了以小说直接评价现实生活的范例。

《儒林外史》:皓首穷经　血泪纵横

在清代,《儒林外史》也是一部独具特色的短篇小说,这部小说通过特殊的结构,塑造了一群皓首穷经的儒生,展现了一部儒生科考的血泪史。让我们跟随历史的脚步,一起去探寻几位科举制度下失意的举子。

《儒林外史》是我国古代讽刺小说的巅峰之作。《儒林外史》作者吴敬梓,是清代伟大的小说家之一。《儒林外史》确立了吴敬梓在中国文学史上,尤其是小说史上的杰出地位。

《儒林外史》这部长篇小说有特殊的结构,不同于其他长篇小说,《儒林外史》其实是一部披着长篇外衣的短篇结构,也就说,一个个相对独立的短篇小说联结成为《儒林外史》这部长篇小说。

整部小说按照清晰的时间线索,谋篇布局。《儒林外史》第一回以王冕的故事起篇;第二回至第三十二回写各地各类的儒林人物;第三十三回之后写南京的儒林;第五十五回以市井四奇人作结,呼应第一回;第五十六回的朝廷旌阳将之前出现的人物全部囊括。这也是《儒林外史》中所有有名有姓的人物,旌贤合共91人,其中礼部奉谕张榜三甲共55人。

吴敬梓为了批判科举制度,揭露科举制度毒害下当时文士的生存状态,刻画了一批典型的知识分子形象——请注意,是一批,不是一个。我们所熟知的,比如喜极而疯的范进、悲撞号板的周进、吝啬成性的严监生、虚伪奸诈的严贡生,当然还有孤傲清高的王冕、淡泊功名的杜少卿等。

比如我们所熟知的范进。范进是一个热衷科举的文士,从20岁一直考到54岁,一直是童生,屡试不第。54岁去参加生员考试时,衣着单薄,穷困不堪,"面黄肌瘦,花白胡须,头上戴着一顶破毡帽"。当时的主考官广东学道周进联想到自己的科考坎坷路,心生怜悯,看了三遍范进的卷子,点了范进第一名。而后范进到城里乡试,得中广东乡试第七名,然后就有了我们之前看到的中学课本里范进喜极而疯的场面。我的脑海中印象最深刻的画面就是:"范进正在一个庙门口站着,散着头发,满脸污泥,鞋都跑掉了一只,兀自拍着巴掌,口里叫道:'中了! 中了!'"

后来进京参加会试,范进又遇到了乡试时的主考官周进,这时候的周进已经是国子监司业。在周进的提携之下,范进一举考中了进士。而后,范进被留在京城做了考选御史,因为政绩突出,范进升任了山东学道。

范进升任山东学道,也就是说范进到山东是去主持教育以及科举考试工作的。出发之前,范进的恩师周进让他照顾提拔一个早先的学生荀玫。范进到了山东之后到处找不到荀玫,一筹莫展。这时候,范进身边的幕客蘧景玉便给范进讲了个故事,说几年前有个四川学差,听何景明先生说了句"四川如苏轼的文章,是该考六等的了",便记在心里。后来,这个学差在四川三年也没查访到苏轼这个学子,便回何景明说:"学生在四川三年,到处细查,并不见苏轼来考,想是临场规避了。"

原本蘧景玉是把这个"学差不知苏轼"的故事当笑话来讲的,但范进却当了真,一本正经地愁着眉说:"苏轼既文章不好,查不着也罢了,这荀玫是老师要提拔的人,查不着,不好意思的。"

从这里可以看到,不仅是故事里的四川学差不知苏轼,范进也是不知苏轼。《儒林外史》设置这个情节的用意在于讽刺执着于科举的文士只关注八股,学识眼界都很狭隘。

范进只是《儒林外史》中一个普通的人物,是群体画像中的一员,所谓"儒者之林",就是指知识分子的"圈"。《儒林外史》中如范进这样的文士又何止范进一人,中举之前的范进和中举之后的范进都是科举制度下文士的真实写照。

吴敬梓在《儒林外史》中塑造了一群科举制度下生存状态各异的文士。通过他们或悲或喜的生活经历,达到吴敬梓的终极目标:批判科举制度。《儒林外史》就是通过刻画这样一群文士的生存状态,深刻揭露科举制度的弊端。

文学之旅小驿站

　　一个是阆苑仙葩，一个是美玉无瑕。

　　若说没奇缘，今生偏又遇着他；

　　若说有奇缘，如何心事终虚化？

　　一个枉自嗟呀，一个空劳牵挂。

　　一个是水中月，一个是镜中花。

　　想眼中能有多少泪珠儿，

　　怎禁得秋流到冬尽，春流到夏！

　　　　　　　——《红楼梦》第五回《枉凝眉》选段

文学之旅小贴士

　　曹雪芹（约 1715 或 1721—约 1764），名霑，字梦阮，号雪芹、芹溪、芹圃，出生于江宁（今江苏南京），大致生活在康熙末年至乾隆初年。曹雪芹出身清代内务府正白旗包衣世家，自曾祖父曹玺起，三代任江宁织造，曾祖母孙氏为康熙奶妈，康熙六次下江南五次住在曹家。雍正年间，曹家败落，曹雪芹的一生恰好经历曹家由盛而衰的过程。曹雪芹经历了从锦衣玉食的富贵生活到落魄寒士的困顿的巨大转折，于是，他将人情百态、世态冷暖都写进书中，创作出中国古典文学的不朽名著《红楼梦》。

　　《红楼梦》是一部具有深厚文学价值和历史意义的作品，是中国古典小说的巅峰之作，具有极高的文学价值和历史地位。

《红楼梦》:红楼一梦　木石前盟

　　清代的长篇小说《红楼梦》留给我们一座巨大的宝藏,现在,我们跟随历史的脚步去见证一段木石前盟的故事。

　　曹雪芹的《红楼梦》是中国古典四大名著之一,以贾、史、王、薛四大家族的兴衰演变为背景,展开一幅封建社会的生活画卷。《红楼梦》堪称一部百科全书,也正因为《红楼梦》的内容丰富,后世衍生出一门专门的学问"红学"。《红楼梦》当之无愧是中国古典小说的巅峰之作。

　　《红楼梦》原名《石头记》,其实就是讲了一个石头的故事。《红楼梦》第一回中写道:

　　原来女娲氏炼石补天之时,于大荒山无稽崖炼成高经十二丈、方经二十四丈顽石三万六千五百零一块。娲皇氏只用了三万六千五百块,只单单剩了一块未用,便弃在此山青埂峰下。谁知此石自经煅炼之后,灵性已通,因见众石俱得补天,独自己无材不堪入选,遂自怨自叹,日夜悲号惭愧。

从这里我们可以看出，所谓的石头，不是普通的石头，是女娲所炼的补天石，是块通灵的石头。后来有一天，茫茫大士、渺渺真人(一僧一道)经过此地时，石头央求二人携它入红尘。于是，茫茫大士将其幻化成一块"鲜明莹洁的美玉，且又缩成扇坠大小的可佩可拿"，然后携入"昌明隆盛之邦，诗礼簪缨之族，花柳繁华地，温柔富贵乡去安身乐业"。这块石头在人间经历了一番，后又回到大荒山，变为那块巨石，与去人间前相比，那石头上记载了一段红尘中悲欢离合、世态炎凉的故事。又不知过了几世几劫，空空道人路过，便受石头之托，抄写下来传世。这就是《石头记》，也就是后来的《红楼梦》。

大家可能会猜测，这块石头是不是贾宝玉？当然不是，这块石头只是幻化成美玉，并未成人形，所以不是贾宝玉。这块石头虽不是贾宝玉，但也和贾宝玉息息相关。

《红楼梦》第一回还讲了一段神话故事：

西方灵河岸上三生石畔有绛珠草一株，时有赤瑕宫神瑛侍者，日以甘露灌溉，这绛珠草始得久延岁月。后来既受天地精华，复得雨露滋养，遂得脱却草胎木质，得换人形，仅修成个女体，终日游于离恨天外，饥则食蜜青果为膳，渴则饮灌愁海水为汤。只因尚未酬报灌溉之德，故其五内便郁结着一段缠绵不尽之意。恰近日这神瑛侍者凡心偶炽，乘此昌明太平朝世，意欲下凡造历幻缘，已在警幻仙子案前挂了号。警幻亦曾问及，灌溉之情未偿，趁此倒可了结的。

那绛珠仙子道："他是甘露之惠，我并无此水可还。他既下世为人，我也去下世为人，但把我一生所有的眼泪还他，也偿还得过他了。"

这就是《红楼梦》里的"木石前盟"，贾宝玉和林黛玉的前缘。所以，贾宝玉就是那神瑛侍者，林黛玉就是那绛珠仙子。正如《红楼梦》第五回中的《枉凝眉》所言："一个是阆苑仙葩，一个是美玉无瑕。"

而这块石头就是贾宝玉出生时口中所衔的通灵宝玉，也正因为衔玉而生，所以名唤宝玉。

曹雪芹将《红楼梦》的故事来历用一块石头见证和讲述，有何用意呢？

首先，《红楼梦》第一回开篇就说："故将真事隐去，而借通灵之说，撰此《石头记》一书。"用石头作为见证者和讲述者，作者曹雪芹就变成了抄录者、整理者，也暗合清代述而不作的风气。

其次，曹雪芹借这块石头表达自己于世无用的慨叹。《红楼梦》里，这块石头后面有一段偈语：

　　　　无材可去补苍天，枉入红尘若许年！
　　　　此系身前身后事，倩谁记去作传奇？

这块石头虽同为女娲炼成的补天石，却不能补天，虽说良才美玉，却与世无用，这是借以隐喻主角，也是作者曹雪芹的慨叹——

用补天石无材补天,表达自己不能匡时济世的遗憾;

借顽石的枉入红尘,描写自己半生潦倒、一事无成的窘迫;

以无材补天的灵石,体现自己不愿同流合污的傲气。

满纸荒唐言,一把辛酸泪。

都云作者痴,谁解其中味?

这就是曹雪芹和他的《红楼梦》,红楼一梦,木石前盟。

后记:文学之旅的余韵

  文学之旅,古今穿梭,我们领略了经典的魅力,体验了诗人的情怀。穿越这场文学的盛宴,仿佛走过了一个个时代的长廊,见证了历史的沧桑与变迁。

  回首这场文学之旅,我们仿佛还能听到那洪荒上古时代神话传说的低语,女娲造人、盘古开天,这些远古的记忆在《山海经》中得以延续。在《诗经》的年代,我们感受到了古人的真挚情感,那份对美好爱情的向往与追求,在诗歌中得以永恒。行至春秋战国,我们领略了庄子的逍遥自在,孔子的为人处世之道。东汉末年的乱世情愁,在《古诗十九首》中得以倾诉。三国两晋的名士风度,在阮籍、陶渊明等人的诗歌中得以展现。大唐的辉煌与开放,让我们感受到了唐诗的繁荣与辉煌,无论是政治还是爱情,都成为唐诗中永恒的记忆。宋代的婉约与豪放,在宋词中得以完美呈现。苏东坡的豁达与豪情、李清照的柔情与细腻、辛弃疾的报国壮志,都在宋词中得以传承。元代的戏曲,让我们领略了民众的热闹与欢腾,王实甫的《西厢记》更是让我们感受到了爱情的美好与真挚。明代的《牡丹亭》让我们了解了文化的专制,清代的《聊斋志异》《儒林外史》《红楼梦》等作

一场「穿越」的文学之旅

品让我们见证了文学在历史长河中的演变与传承。

这段旅程,不仅让我们欣赏到了文学的魅力,更启示我们反思历史、社会与人生。这些经典作品不仅是文化遗产,更是人类精神的瑰宝。它们穿越时空,与我们对话,让我们在欣赏美的同时,思考生活的意义与价值,感受历史的厚重和文化的瑰丽。

如今,这场文学之旅即将落下帷幕,但我们对文学的热爱与追求永不停歇。愿我们在未来的日子里,继续以文学作品为地图,去探索更多的文学宝藏,去感受更多的文学魅力。让我们在文学的世界里,永远保持一份热爱文学、追求真理的初心。

文学之旅,一直在路上。